Klaus Blumberg

Strandschmelze

Gesammelte
Erzählungen

Herstellung und Verlag:
BoD-Books on Demand, Norderstedt
ISBN: 978-3-7448-8354-2

Corrida 1984

»Was wollen Sie von mir?«

Gildenast zeigte seine Marke und lächelte.

Die Frau ließ ihn herein.

»Sind Sie allein?«

»Ja.«

Die Frau war vielleicht Vierzig, sah aber älter aus. Um ihre Augen hatten sich dunkle Ränder gebildet.

»Sie wissen, weshalb ich hier bin?«

»Ja.«

Die Frau hatte sich auf einen der Stühle gesetzt. Über ihr kreiste ein Mobile aus Fischen. Gildenast gab den Fischen Schwung und sah, wie sie in den Raum eintauchten. Sanft und schwerelos.

»Ist er danach bei Ihnen gewesen?«

Die Frau sah zur Seite. Sie strich mit der Hand durch ihr Haar.

»Er ist nicht hier.«

Gildenast stopfte seine Pfeife. Er war ganz ruhig.

»Leben Sie allein?«

»Ich hatte einen Mann. Er hat sich davongemacht.«

Gildenast lehnte sich zurück und setzte die Pfeife in Brand. Die Frau schaute ihm fest ins Gesicht.

»Hat er es wirklich getan?«

Gildenast bückte sich, beschäftigte sich mit einem seiner Schnürsenkel: »Man hat ihn am Tatort gesehen.«

Die Frau stand auf und ging. Auf der Couch lugten Teile eines Kleidungsstücks unter dem Kissen hervor. Gildenast griff danach. Es war ein halbfertiger Herrenpullover.

Die Frau brachte auf einem Tablett eine Flasche Bier und ein Glas herein.

»Vielen Dank für Ihre Mühe.«

»Hören Sie, der Junge kann keiner Fliege etwas zu Leide tun. Er ist ein guter Junge.«

Gildenast kippte das Bier ins Glas, in dem sich eine ausgeprägte Schaumkrone bildete.

Die Frau hatte kleine raue Hände, die sie die ganze Zeit über unter dem Tisch verborgen zu halten versuchte.

»Mein Mann war häufig betrunken. Er war jähzornig und schlug den Jungen oft. Hinterher hat es ihm leid getan. Dann bat er um Verzeihung.«

Gildenast zog an seiner Pfeife. Dann stand er auf und ging zum Fenster. Auf der Straße zwischen den Baumreihen parkten Autos.

»Was ist mit dem Mädchen?«

»Sie haben sich vor zwei Jahren kennen ge-
lernt. Zuerst war er Feuer und Flamme.«

»Und später?«

»Es gab immer wieder Streit. Sie war einfach
nicht die richtige Frau für ihn. Zu wenig lie-
bevoll. Eher hart, durchtrieben und lotter-
haft. Sie hat ihn zerstört.«

»Wie kommen Sie darauf?«

»Wir hatten ein sehr inniges Verhältnis. Er
hat mir alles erzählt. Bis vor zwei Jahren haben wir im selben Zimmer geschlafen.«

»War sie erfahrener?«

»Beide waren sie jung und unerfahren. Einmal haben sie sich geprügelt. Er solle ihr
nicht hinterherlaufen wie ein Hund, meinte
sie.«

»Haben sie sich getrennt?«

»Es ging hin und her. Sie schafften es einfach
nicht, voneinander loszukommen. Vor einem
halben Jahr war es dann endgültig vorbei.«

»Hat er sie wiedergesehen?«

»Ich weiß es nicht.«

»Ich möchte sein Zimmer sehen.«

Das Zimmer war aufgeräumt. Alle Dinge
standen an ihrem Platz. In der Mitte der
Wand hing ein Bild, auf dem die Szene eines
Stierkampfes abgebildet war. Die Akteure
bewegten sich wie auf einem Schattenriss.

Gildenast trat näher heran: »Der Stier ist noch nicht erschöpft und der Pikador ist nervös, während er die Lanze fokussiert.«

»Es ist schrecklich«, sagte die Frau.

»Sie reizen den Stier, bis er außer sich gerät vor Wut. Manchmal tötet er ein Pferd.«

»Es ist grausam.«

»Es geht um Leben und Tod.«

Gildenast strich über die Möbel und betrachtete dann seine staubfreien Finger. Er öffnete den Schrank, in dem Kleider hingen. Es roch nach Mottenkugeln. Auf der anderen Seite, an der Wand, entdeckte Gildenast einen rechteckigen hellen Fleck.

»Hing dort ein Bild?«

»Ja, ich glaube.«

»Wo ist es?«

»Ich weiß es nicht.«

Gildenast ging ein paar Schritte und schnupperte dann an der Bettdecke. Das Bett war frisch überzogen. Es duftete nach Weichspüler.

Wortlos verließ er das Zimmer, ging zum Tisch zurück und nippte an seinem Bierglas. Dann kramte er die Pfeife aus seiner Manteltasche. Die Frau schob ihm einen Aschenbecher hin. Ihre Hand zitterte. Routiniert schälte Gildenast mit seinem Pfeifenstopfer die Tabakreste aus dem Pfeifenkopf.

»Wir haben sie nicht weit von hier gefunden. Sie wurde erwürgt.«

Die Frau ließ den Kopf in die Hände fallen und begann zu schluchzen. Gildenasts Finger spielten hilflos mit ein paar Tabakkrümel.

»Wie lange haben Sie ihn nicht mehr gesehen?«

»Ich bin schon lange allein.«

»Warum quälen Sie sich so?«

»Er ist doch mein Junge.«

Die Frau ging zum Schrank und kam mit einem kleinen Bild in einem Rahmen zurück. Das Bild zeigte einen blonden Jungen mit offenem Gesicht und leicht gewellten Haaren. Er sah weich und sensibel aus.

»Ist das ein Mörder?«

»Ich weiß es nicht.«

Gildenast stand auf. Er stopfte seine Pfeife und trat ans Fenster. Auf der Straße hielt ein Polizeifahrzeug. Von beiden Seiten des Wagens wurden Türen geöffnet. Zwei Beamte hielten einen jungen Mann in ihrer Mitte. Er trug Handschellen. Soweit Gildenast sehen konnte, hatte der Mann keine Ähnlichkeit mit dem Jungen auf der Fotografie.

Sie kamen auf das Haus zu. Gildenast wandte sich vom Fenster ab und trat zu der Frau
ins Zimmer.

Der letzte Sommer   1984

Obwohl der Frühling verregnet war und die ersten Tage des Sommers zu kalt, stand das Korn gut. Tornhelm stand in einer Traktorspur inmitten des Kornfeldes und blickte über die wogenden Ähren hinweg zum Horizont. Johann kniete neben einer schwarzen Schnecke, deren Fühler er mit einem Stock kitzelte.

»Es tut gut, diese Luft zu atmen«, sagte Tornhelm und stemmte seine schweren Hände in die Hüften.

»Du warst lange weg.«

»Ich dachte nicht, dass ich mich nochmal erhole.«

Die Schnecke glitt über einen umgeknickten Halm.

»Die Schnecken sind dieses Jahr eine Plage«, sagte Tornhelm.

»Die Erde ist zu feucht.«

Der Wind fuhr in die Ähren und wiegte sie tänzerisch. Johann ließ von der Schnecke ab: »Du hast dich nach der Operation erstaunlich gut erholt.«

Tornhelm knöpfte seine Latzhose auf und öffnete sein Hemd. Auf der Höhe seines

Oberbauches verlief eine kleine senkrechte Narbe.

»Ein kleiner Schnitt«, sagte Johann.

»Ja, die Ärzte verstehen ihr Handwerk.«

Über dem Feld tauchten ein paar Spatzen auf. Die Wolken verdichteten sich.

Die beiden Männer machten sich auf den Weg. Johann verabschiedete sich auf Höhe seines Hofes. Tornhelm ging allein weiter. Der Bach neben der Straße war mit Gestrüpp überwuchert und führte trotz des feuchten Sommers kaum Wasser. Wo die Pappeln den Bach säumten machte er eine Rast. Er fühlte eine leichte Verspannung in seinem Bauch. Von dieser Position konnte er über das ganze Land sehen; über Weideland bis zum Horizont. Er dachte daran, wieder zu arbeiten. Der Arzt war der Ansicht, dass er keine schweren Arbeiten mehr verrichten könne. In den vergangenen Jahren, zur Erntezeit, hatte er noch mit der Forke gearbeitet. Er war der Stärkste von allen. Nun betrachtete er seine Hand und den Unterarm mit den kräftigen Muskeln in der Beuge, den Oberarm mit dem einst ballartigen Bizeps. Es schien ihm, als hätten sich die Oberarmmuskeln während der Zeit seiner Krankheit gestreckt. Er fühlte sich deutlich schwächer. Auf der Weide entdeckte er eine Gestalt. Sie bewegte sich auf ihn zu. Es war sein Sohn Adam.

Er öffnete das Gatter und ging ihm entgegen. Adam trug in der einen Hand einen Vorschlaghammer und in der anderen einen Zaunpflock.

»Gib mir den Hammer, er wird zu schwer für dich.«

»Ich kann ihn gut tragen.« Adam war einen halben Kopf größer als sein Vater und sehr kräftig. Tornhelm griff nach dem Hammer und beide gingen über die Weide zum Weg zurück.

»Ich habe den Zaun repariert. Bereits letzte Woche sind ein paar Tiere ausgebrochen«, sagte Adam.

»Habt ihr sie gleich eingefangen?«

»Ein Bulle landete im Graben und wir hatten Mühe, ihn herauszuziehen. Er hat Gernot verletzt.«

»Ist es schlimm?«

»Eine Wunde am Fuß. Aber er kann nicht arbeiten.«

Tornhelm spürte das Gewicht des Hammers. Bei jedem Schritt zog er einen Teil seines Körpers nach unten. Er wechselte ihn in die andere Hand. Er wollte es schaffen.

»Kommt ihr trotzdem zurecht?«

»Ich denke schon.«

Das Gewicht des Hammers wurde unerträglich. Tornhelm blieb einen Moment stehen und holte tief Luft.

»Soll ich dir den Hammer abnehmen? Ich kann beides tragen.«

»Nein. Ich will es bis nach Hause schaffen.« Er griff nun mit beiden Händen nach dem Hammer und trug ihn das letzte Stück quer vor der Brust. Auf dem Hofplatz gab er ihn Adam zurück.

Es war schon spät. Aus dem Stall drangen die Geräusche der Melkmaschine. Tornhelm fuhr sich mit der Hand über die Stirn. Sie war schweißnass. Er sah auf seine Hände. Die Linien der Handinnenflächen waren aufgebrochen. Die Risse hatten eine dunkle hässliche Farbe. Die Milch hatte seine Haut angegriffen. Der Arzt im Krankenhaus hatte ihm eine gute Salbe mitgegeben. In einiger Zeit werde er großartige feine Hände besitzen, meinte der Arzt.

In seinen Augenbrauen hatten sich Schweißtropfen gebildet. Er nahm ein Tuch und wischte darüber, dann setzte er sich auf den Treppenabsatz am Eingang des Hauses und lehnte sich nach hinten. Er war erschöpft. Von seiner Position aus konnte er den von Pappeln gesäumten Weg einsehen. Hier entdeckte er den Hund schnüffelnd im hohen

Gras am Grabenrand. Der Hund hob den Kopf und sah zu Tornhelm hinüber. Er wedelte gleichgültig mit dem Schwanz und sah erneut auf. Dann trottete er über den Weg, über die Wiese zum Hofplatz und setzte sich vor Tornhelm hin. Tornhelm griff in den Nacken des Tieres und massierte. Der Nacken bestand aus einer Wulst aus Fettpolstern. Der Hund war schon sehr alt. Vermutlich wird er bald sterben, dachte Tornhelm und strich ihm mit der flachen Hand über den Kopf. Der Hund gab glucksende, hohe Laute von sich und schloss seine Augen.

Der Wind wehte die säuerlichen Ausdünstungen des nahe gelegenen Misthaufens herüber, vermischt mit der scharfen, klaren Luft des nahen Meeres. Tornhelm atmete tief ein. Er liebte diesen Geruch. Sein ganzes Leben hatte er in dieser Landschaft zugebracht. Hier wollte er auch begraben werden. Irgendwann.

Er gab dem Hund einen Klaps und ging ins Haus. In der Küche war es kühl. Einen Moment überkam ihn eine Gänsehaut. Er setzte sich an den Tisch. Seine Narbe schmerzte. In der Ecke wummerte eine Waschmaschine.

Seine Frau kam herein. Sie band ihr Kopftuch ab und hängte es an den Haken hinter der Tür. Mit ihr drang angenehmer Stallgeruch herein.

»Wie geht es dir?«, fragte sie.

»Gut.«

Ihre Bewegungen hatten etwas Mechanisches. Sie begann, den Tisch zu decken.

»Du wirst sicherlich Hunger haben.«

Tornhelm nickte.

»Du musst vorsichtig mit dem Essen sein.«

»Ich darf alles essen, was mir bekommt.«

»Möchtest du Kaffee?«

»Lieber Tee.«

Die Waschmaschine begann mit dem Schleudergang. Der Fußboden vibrierte. Seine Frau hatte Tornhelm bis dahin noch nicht angesehen.

»Ich möchte, dass wir unser Schlafzimmer verlegen. Die Tapeten gefallen mir nicht mehr. Außerdem ist es feucht. Die Bettwäsche ist ständig klamm und klebt am Körper. Lass uns in den ersten Stock ziehen«, sagte Tornhelm.

»Wenn du meinst.«

»Wir könnten uns in Oses Zimmer einquartieren.«

»Bitte nicht in Oses Zimmer!«

Tornhelm Frau stand jetzt am Fenster. Er sah ihren Rücken und den geraden Kopf. Ihr

Körper besaß etwas unnachgiebig Festes. Er schien härter als Stein.

»Ich habe keinen Hunger mehr«, sagte Tornhelm, stand auf und ging hinaus.

Adam hantierte im Stall mit Milchkannen. An den Fenstern hingen Spinnweben und die letzte Abendsonne leuchtete in sie hinein und gab ihnen das Aussehen von gespenstischen Gardinen.

»Was machen die Schwalben?«, fragte Tornhelm und deutete auf einen Balken unter der Decke.

»Sie sind noch immer da.«

Adam goss Milch aus einem Kanister in kleine Plastikeimer. Er wollte die Kälber versorgen. Tornhelm nahm sich einen Eimer und folgte seinem Sohn.

Die Kälber weideten hinter dem Stall in einer kleinen Fenne. Als sie die Männer wahrnahmen, kamen sie angerannt.

»Deine Mutter hat mir niemals verziehen, nicht wahr?«

»Ich weiß nicht?«

Tornhelms Kalb hatte den Eimer geleert. Er steckte dem Kalb seine ausgestreckte Hand ins Maul und spürte den starken Saugreflex und die raue Zunge des Tieres. Adam nahm die Eimer und ging hinein. Tornhelm wischte die Hand an seiner Hose ab. Er war unschuldig. Er hatte es nicht verhindern können. Es war ein Unfall aber seine Frau glaubte, er hätte es verhindern können, wenn er gewollt hätte.

Tornhelm spürte die Krankheit. Es war ein Ziehen in seinem Bauch. Ein Schmerz, der langsam durch seinen ganzen Körper wanderte und ihn über die Arme und Hände wieder verließ.

Er ging durch den Stall und über den Hof gelangte er auf den Weg. Er setzte sich vor den Graben unter die Pappeln und sah über das Land. Es war die Stelle, wo er oft mit Ose saß. Er schob ihren Rollstuhl ganz nah an den Graben und machte die Bremsen fest. Er dachte daran, wie sie sich fühlen musste in ihrer dunklen Welt und daran, wie sie sich fühlen würde, könnte sie all dies sehen. Dieses Land sehen.

Aus dem hohen Gras schlich eine schwarze Schnecke. Ihre Fühler bewegten sich wie biegsame Antenne. Tornhelm nahm einen Stock und berührte die Fühler. Die Schnecke zog sich zurück.

Gerlach   1984

»Hallo Vater.«

Lisa machte ein überraschtes Gesicht. Ihre Augen waren weit geöffnet und ihr Mund stand auf. Sie vollführte eine mechanische Handbewegung; ein körperliches Hereinwinken. Gerlach trat zaghaft einen Schritt nach vorne, ließ Lisa die Tür hinter sich zumachen. Blieb stehen. Sein Gesicht hatte nicht an Härte verloren. Noch immer schien schwer vorstellbar, dass hinter der Hülle, dieser ledernen, in Falten gelegten Haut, ein Mensch verborgen war.

»Du siehst schlecht aus«, sagte Gerlach mit beiden Händen in der Manteltasche.

»Nur eine Erkältung, Vater.«

Gerlach fühlte sich unwohl. Es war die fremde Umgebung, die ihn schreckte. Die hässlichen Tapeten in dem schlauchähnlichen, bedrückenden Flur. Er nahm seinen Hut ab und legte ihn auf ein kommodenähnliches Schränkchen.

»Möchtest du was trinken?«, rief ihm seine Tochter vom Wohnzimmer aus zu.

»Mach dir keine Umstände. Ich gehe gleich wieder.«

Nach dem Tod seiner Frau blieb er allein. Monatelang schloss er sich in der kleinen Wohnung ein. Sprach mit keinem Menschen. Die Frau hinter dem Bücherregal war seine Tochter. Sie kam dahinter hervor und er versuchte sich vorzustellen, wie sie einmal ausgesehen hatte, als sie noch seine Tochter *war*.

»Wann hast du hier zuletzt aufgeräumt?«

Sie war hinter ihn gekommen. Hielt ihre flachen Hände auf seine Augen: »Weißt du noch?«

Er griff nach ihren Händen und streifte sie ab: »Es fiel dir schon früher nicht leicht, mir eine Freude zu machen.«

»Wenn ich gewusst hätte, dass du kommst, hätte ich einen roten Teppich auslegen lassen und eine Musikkapelle bestellt.«

Am gardinenlosen Fenster pendelte ein Strohherz, dessen Umrisse plötzlich sichtbar wurden, während seine Struktur, das feine Geflecht, vom Gegenlicht verschluckt wurde.

Gerlach griff in die Tasche und zog einen Geldschein heraus. Er achtete darauf, dabei von seiner Tochter beobachtet zu werden.

»Liest du immer noch so viel wie früher?«

Als er sah, dass sie nicht zu ihm herüberschaute, deutete er direkt mit dem Finger auf den Geldschein: »Da, du kannst es gut gebrauchen.«

Lisa trat angriffslustig ein paar Schritte nach vorn, ergriff den Schein, knüllte ihn zusammen und warf ihn über den Tisch zurück: »Danke. Ich brauche dein Geld nicht. Tu mir einen Gefallen und steck den Schein wieder ein.«

Gerlach zögerte einen Moment. In seinem Kopf rumorte es. Dann ließ er den Schein in seiner Manteltasche verschwinden.

»Wo ist der Kleine«?, fragte er und nahm den Schein wieder aus der Tasche. Über den Tisch gebeugt, strich er ihn glatt, faltete ihn sorgfältig.

»Er schläft.« Die Tochter stand mit zwei Gläsern in der Hand vor ihm.

»Mach dir keine Umstände. Ich gehe sofort wieder. Ich möchte nur noch den Jungen sehen.«

Als Lisa die Gläser auf die Kommode stellte gab es ein kurzes Klirren. Danach nahm sie die Hand des Vaters und führte ihn ins andere Zimmer, an das Bett des Kindes. Unter einer geblümten Bettdecke lugte ein heller Haarschopf hervor. Gardinen verdunkelten den Raum und ein süßlicher Kindgeruch lag in der Luft. Soweit er sehen konnte, war der Kleine ein Ebenbild seiner Mutter. Da lag die Tochter seiner Erinnerung. Gerlach griff in seine Manteltasche und zog ein kleines Päckchen heraus.

»Gib es ihm, wenn er aufwacht. Sag ihm, es sei von mir.«

»In Ordnung.«

Dann machte er sich schnell los. Strich mit der Hand über den Mantel.

»Ich muss jetzt gehen. Hab mich schon viel zu lange aufgehalten.«

»Vergiss deinen Hut nicht.«

Er spürte etwas in sich aufsteigen, ging schnell zur Tür, ohne sich richtig zu verabschieden, ins Treppenhaus und schnell befand er sich auf der Straße.

Dort verfiel er in ein Schlendern. Den Kopf gesenkt, die Hände in den Manteltaschen vergraben, bemerkte er, dass er weinte.

Danach   1983

Über dem Armaturenbrett baumelte ein Stofftier, während direkt unter dem breiten Spiegel der Lichtkegel eines Fahrzeugs auftauchte.

David umklammerte sein Lenkrad fester. Auf dessen Oberfläche hatten sich feine Tröpfchen Schweiß abgesetzt. Er bog in eine Seitenstraße ein. Der Wagen hinter ihm folgte ihm. Sein Licht blitzte im Spiegel. David stellte den Rückspiegel um und verringerte die Geschwindigkeit. Sein Körper zitterte – dann wurde er langsamer und hielt am Straßenrand. Der hintere Wagen fuhr an ihm vorbei.

Er stützte seine Hände am Lenkrad ab. Als er sich umsah, stellte er fest, dass er in einer Einkaufsstraße geparkt hatte. In einem Schaufernster neben ihm standen nackte Plastikpuppen. David griff im Handschuhfach nach einem Tuch, um sich die feuchten Hände zu wischen.

Er sah sich um. Sein Blick fiel auf die sanften Ausbuchtungen von Augenhöhlen, hervorstehenden Nasen, halbgeöffneten Mündern in porzellanenen Gesichtern und auf Brüste mit zarten Nippeln. Frauenplastikkörper.

David stieg aus und schloss sein Fahrzeug ab. Er stellte sich vor das neonerleuchtete Schaufenster. Langsam breitete sich Ruhe in seinem Körper aus. Er versuchte, sich Linda vorzustellen. Aus dem Gedächtnis, ohne Hilfe einer Fotografie.

»Diese Körper haben etwas Faszinierendes, nicht wahr?«

David zuckte zusammen. Er hatte den Mann neben ihm nicht kommen hören.

»Ich kannte einmal einen Mann, der hatte so eine Puppe im Wohnzimmer sitzen. Eine Sitzpuppe, verstehen Sie? Sie saß auf seinem besten Stuhl und hatte sogar einen Fensterplatz. Für sie schob er die Gardine zurück und ließ sie hinaussehen. Abends las er ihr aus einem Buch vor.«

Der fremde Mann schüttelte mitleidig den Kopf.

»Da kann man mal sehen, wohin Einsamkeit einen Menschen treiben kann.«

David war erstarrt. Seine Arme baumelten wie leblos an seinem Körper. Am liebsten wäre er wegelaufen, aber seine Beine zitterten.

»Ist Ihnen kalt? Sie sehen schlecht aus. Kann ich Ihnen vielleicht helfen?«

»Ich möchte nur allein sein.«

»Entschuldigung. Ich wollte Ihnen nicht zu nahe treten. Können Sie mir sagen, wie spät es ist?«

»Es ist zwanzig vor elf.«

»Danke«, sagte der Mann höflich und ging weiter.

David stand allein vor dem Schaufenster, während die Schritte des Mannes sich langsam entfernten. Er hatte plötzlich keine Ruhe mehr. Machte er sich bereits verdächtig, wenn er auf die Puppen sah? Der Mann hatte bemerkt, dass er schlecht aussieht. Blass. War ihm seine Tat anzusehen? Er sah an seinem Ärmel hinab, zog sein Jackett aus und überprüfte es von allen Seiten. Dann begann er, leise zu kichern. Wie konnte sich auf dem Jackett auch irgendeine Spur befinden.

David ging schnell zum Auto zurück und fuhr weiter.

Die Nacht war mondhell. Er hielt in der Straße gegenüber dem Lokal, in dem sie sich kennengelernt hatten. Es schien ihm, als habe er in dieser ganzen Zeit gerade den Weg von einer Straßenseite zur Anderen zurückgelegt. Er schloss die Augen, senkte seinen Kopf aufs Lenkrad und hielt sich mit beiden Händen daran fest. Dann ließ er abrupt los und betrachtete die Linien seiner Handflächen, als wären sie imstande zu erklären,

was passiert war. Da war eine Linie unter-
brochen, durchzogen von feinen Spuren, wie
Querbalken, die auf einem Weg lagen. Diese
Hände! Er hielt sie vor sich, als wollte er mit
ihnen sprechen. Was nun zu tun sei. Wie es
weitergehen sollte!?
Seine Augen tränten plötzlich. Er sah aus
dem Autofenster zu dem Lokal hinüber. Im
Gaumen spürte er ein schmerzhaftes Ziehen.
Er startete den Wagen und fuhr weiter. Die
Straßen waren leer. Er hörte den Pulsschlag
seines Herzens. Er wünschte sich Regen –
dichte Wasserläufe über der Windschutzscheibe, die alles wegspülten.
Er hielt erneut sein Fahrzeug an. Der Platz
mit dem Pavillon und den Plastiken, dem
gestutzten Rasen und den feinen Kieswegen
war ihm vertraut. Es hatte eine Zeit gegeben,
da hatten in dem Pavillon Musiker in Uni-
form gesessen. David war ein kleiner unschuldiger Junge gewesen. Er hatte oft in der
Nähe der Trompeter gestanden, um zu sehen, wie sich ihre Wangen beim Spiel auf-
bliesen.
David ging über den Platz zu dem Brunnen.
Er wollte seinen Kopf ins Wasser tauchen.
Aber es war Winter und der Brunnen ent-
hielt kein Wasser. Der Grund des Brunnens
war mit Laub bedeckt und die üppigen Figu-

ren auf den Steinrändern starrten ihn vorwurfsvoll mit toten Augen an.

David streckte seine Hände in den Brunnen und rieb das feuchte Laub zwischen seinen Handflächen. In der Nähe ragte eine Säule in den Himmel, auf deren Plattform ein steinerner Engel mit ausgebreiteten Flügeln zu schweben schien.

David hörte ein Geräusch und spähte über den Platz. Alles war still. Dann rannte er einen Kiesweg entlang – zu seinem Auto zurück. Er öffnete geschwind den Kofferraum und sah hinein. Da lag etwas, eingerollt in einen Teppich. Sie hatte sich nicht davon gemacht.

Davids Atem ging stoßweise. Der Lauf hatte ihn angestrengt. Er berührte den Teppich. Er strich über die Oberfläche und fühlte die Konturen ihres Körpers. Dann schloss er schnell den Kofferraum.

Er fuhr lange und gelangte schließlich aus der Stadt. Er hielt am Rande eines freien Feldes. David zündete sich eine Zigarette an und inhalierte den Rauch tief. Mit der Hand betätigte er den Hebel für die Scheibenwischanlage. Die Düse vor der Windschutzscheibe spritzte einen Strahl Reinigungsmit-

tel auf die Scheibe. Der Scheibenwischer
machte digit…digit…digit.

Vor dem Sturm   1983

Die Boote hatten wenig Wind, also trieben sie langsam durchs Wasser und die Männer in ihren Öljacken an Bord wirkten ratlos. Vom Ufer aus hoben sich die bunten Segel gegen das graue Wasser ab.

Den Uferweg säumten ausgehöhlte Bäume. Spaziergänger bewunderten ihre Leblosigkeit. Kein Lüftchen regte sich.

Das Gasthaus unmittelbar hinter der Uferlinie war gut besucht. Ein Mann im grauen Blazer sah aus dem Fenster hinaus – mitten in das hängende Grün einer Trauerweide hinein. Zwischendurch sah er einige Male auf seine Armbanduhr, als erwarte er jemanden.

Mädchen mit Holundersträußen in den Händen schlenderten den Weg entlang. Ein Junge, der ihnen gefolgt war, blieb stehen und drückte sich die Nase an der Fensterscheibe platt.

Ein Mann mit Hut betrat die Gaststube, schaute sich taxierend um und ging dann direkt zu dem Tisch am Fenster, an dem der andere Mann stand.

»Herr Behrend?«

»Ja.«

»Ich bin Gerske. Können wir uns setzen?«

»Natürlich. Bitte.«

Ein Kellner trat an ihren Tisch und fragte nach einer Bestellung.

»Zwei Kaffee bitte.«

»Sehr wohl, die Herren.«

»Ich habe Ihnen interessante Fotos versprochen.«

Gerske zog einen braunen Umschlag mit schwarzweißen Fotografien aus der Manteltasche. Auf dem ersten Foto sah Behrend eine Frau und einen Mann vor einer Litfaßsäule in inniger Umarmung.

»Ist das Ihre Frau?«

»Ja, das ist sie.«

»Kennen Sie den Mann?«

»Ich habe ihn nie gesehen.«

Gerske schob Behrend das zweite Foto hin. Die Aufnahme war durch eine feinmaschige Gardine hindurch entstanden. Sie zeigte die Ausstattung eines komfortablen Schlafzimmers. Auf dem Bett wälzten sich zwei nackte Gestalten.

»Die Aufnahme ist mir nicht besonders gut gelungen. Ich kann Ihnen allerdings versichern, dass es sich um dieselben Personen wie auf dem anderen Foto handelt.«

Der Kellner brachte mit einer leichten Verbeugung den Kaffee.

Am Tisch gegenüber saß ein altes Pärchen.

»Bei dieser Witterung verträgt man einen Wintermantel«, sagte der alte Mann. Es lag große Anstrengung in seiner Aussprache. Die alte Frau berührte die Hand ihres Gegenübers. Dann führte sie ihm eine Teetasse zum Mund. Die Hände des alten Mannes zitterten.

Gerske lehnte seinen Körper über den Tisch:

»Ich weiß, das alles ist ein harter Schlag für Sie. Was gedenken Sie zu tun?«

»Ich weiß noch nicht.«

»Haben Sie Kinder?«

»Ja, zwei Kinder.«

»Sie müssen damit rechnen, die Kinder zu verlieren.«

Gerske schob die Fotos in den Umschlag zurück.

»Ich schicke Ihnen meine Rechnung in den nächsten Tagen vorbei. Die Fotos behalten Sie natürlich.«

Gerske legte den Umschlag in die Mitte des Tisches.

Draußen zogen dicke Wolken auf. Die Luft schien energiegeladen.

Gerske stand auf, nahm seinen Hut und verabschiedete sich.

Die alte Frau am anderen Tisch richtete sich im Stuhl auf. Sie befestigte eine Serviette am

Hemdkragen des alten Mannes. Dabei blinzelten seine Augen schalkhaft. Es waren warme Augen.

»Bei dieser Witterung verträgt man einen Wintermantel«, sagte er.

Kinder tollten durch die Gaststube. Sie versteckten sich zwischen den Füßen der Erwachsenen.

Behrend nippte an seinem Kaffee und sah ihnen zu. Dann stand er auf, ging zum Schanktisch und bezahlte die Rechnung. Den Umschlag behielt er in der Hand.

Draußen warfen Kinder Kieselsteine ins Wasser.

»Guckt mal. Man kann hier bis auf den Grund sehen.«

Erste Regentropfen. Behrend beschleunigte seinen Schritt.

Auf dem See kräuselten sich die Wellen und die bunten Boote nahmen Fahrt auf.

Behrend kam an einem Spielplatz vorbei. Ein Kind ließ sich von seinem Vater schaukeln.

»Noch einmal. Dann müssen wir nach Hause.«

Der Regen wurde stärker. Behrend sah, wie das Kind auf den Arm des Vaters sprang.

»Papa, du hast die stärksten Arme der Welt.«

Wellen klatschten gegen die Uferbefestigung. Überall auf dem Parkplatz wurden Fahrzeuge gestartet.

Kurze Zeit später wirkte das Gasthaus verlassen. Ober wechselten die Tischdecken. Erste Sturmböen zogen auf.

Lattenmeyer 1984

Nachdem Lattenmeyer die Tür hinter sich geschlossen hatte, begegneten ihm auf dem Weg zur Garage zwei Polizisten.

»Herr Lattenmeyer?«

»Ja, der bin ich.«

»Können wir Sie einen Augenblick sprechen?«

»Worum handelt es sich denn?«

»Wir haben eine ihrer Visitenkarten in einem aufgebrochenen Wagen gefunden.«

»Ich verteile jeden Tag Dutzende dieser Karten.«

Einer der Polizisten zeigte ein Schwarzweißfoto.

»Den Mann kenne ich nicht. Nein…nie gesehen.«

»Das Foto lag im Handschuhfach des Wagens.«

»Meine Herren, bitte entschuldigen Sie mich. Ich habe wichtige Termine.«

Lattenmeyer kam verspätet im Büro an. Er stellte die Aktentasche neben seinen Schreibtisch, machte es sich im Stuhl bequem und sah aus dem Fenster. Durch die Fenster erkannte er Werkbänke und Maschinen. Männer in Overalls liefen emsig wie Ameisen hin und her.

Er nahm den Telefonhörer und wählte eine Nummer: »Wie geht es dir, Liebling?«

»Was wollten denn die beiden Polizisten von dir?«

»Man hat meine Visitenkarte gefunden.«

»Aha!?«

»Mach dir keine Sorgen. Es ist eine Lappalie. Entschuldige bitte, aber ich muss jetzt Schluss machen. Wichtige Termine warten auf mich.«

Er legte abrupt den Hörer auf und ging ins Vorzimmer.

»Ich muss einen Augenblick weg, Frau Berger.«

»Denken Sie an Ihren Termin.«

»Bis dahin bin ich längst zurück.«

Lattenmeyer fuhr direkt zum Supermarkt. Als er seinen Wagen auf dem Parkplatz abschloss und sich umdrehte, standen vor ihm die beiden Polizisten.

»Herr Lattenmeyer, was machen Sie denn hier?«

»Ich wollte einkaufen.«

»Wissen Sie«, der Polizist deutete mit seinem Zeigefinger auf einen leeren Stellplatz, »dort haben wir das aufgebrochene Fahrzeug gefunden.«

»Bestimmt ein Zufall.«

»Der Wagen wurde gerade abgeschleppt.«

»Haben Sie den Halter schon ermittelt?«

»Die Täter haben die Nummernschilder entfernt.«

»Ach so!?«

»Kaufen Sie hier öfter ein?«

»Von Zeit zu Zeit.«

»Nichts für ungut, Herr Lattenmeyer. Wenn wir Sie noch benötigen, rufen wir an.«

»Ja, natürlich.«

Lattenmeyer kaufte Lebensmittel und verstaute sie in zwei Kartons. Dann fuhr er die Straße an der Bucht entlang. Von einer Anhöhe aus konnte er sein Schiff sehen.

»Wie weit sind Sie?«, fragte Lattenmeyer, bevor er die Kartons an Franz übergab.

»Die Jungs sind fleißig. In zwei Tagen sind Sie fertig.«

Lattenmeyer und Franz stiegen in den Schiffsbauch. Franz stellte die Kartons auf einen Tisch. Es roch nach Farbe und Reinigungsmitteln.

»Dann hätte ich Proviant sparen können«, sagte Lattenmeyer.

»Die Jungs sind ausgezehrt.«

Lattenmeyer griff in den Karton: »Sie bekommen die besten Schokoriegel der Welt.«

Er war erhitzt und löste seine Krawatte: »Die Kerle müssen mir dankbar sein. Ich habe sie vor dem sicheren Tod gerettet und ich trage das Risiko.«

»Die Jungs vertragen unser Klima nicht.«

»Waren Sie etwa an Deck?«

»Nein, natürlich nicht.«

Lattenmeyer ließ seine Hände in den Hosentaschen verschwinden: »Wir müssen uns ohnehin etwas ausdenken. Sie können nicht ewig bei uns bleiben.«

Lattenmeyer sah auf seine Armbanduhr. »Es ist schon spät. In einer halben Stunde habe ich einen Termin. Ich komme morgen wieder vorbei. Dann sprechen wir alles weitere durch.«

»Denken Sie bitte an Wasser«, sagte Franz.

»Mein Gott, die saufen ja wie die Löcher.«

Lattenmeyer fuhr direkt zu seiner Verabredung. Als er sein Fahrzeug verließ, knöpfte er sich sein Jackett zu. Er begrüßte den Herrn mit der Schirmmütze am Eingang. Es war ein vornehmes Hotel. Drei Männer erwarteten ihn am Eingang zum Speiseraum.

»Der letzte Tisch, hinten links.«

»Entschuldigen Sie die Verspätung, meine Herren. Wir werden nachher über alles reden. Lassen Sie uns zunächst etwas essen.«

Lattenmeyer verzichtete auf die Vorspeise.
»In meinem Alter muss man sich etwas zurückhalten.«
Während der Hauptspeise ergriff er kurz das Wort. »Lassen Sie sich Zeit, meine Herren. Ich lehne es ab, das Essen zu schlingen. Essen Sie mit Genuss.«
Die Nachspeise reklamierte Lattenmeyer.
»Herr Ober, das Dessert besitzt nicht die gewünschte Temperatur.«
Wenig später erschien der Küchenchef mit einer neuen Schale und entschuldigte sich.
»Ich bin kein nachtragender Mensch«, erwiderte Lattenmeyer und lächelte.

Zwei Stunden später traf er im Büro ein.
»Ein gewisser Franz Alders hat angerufen. Sie sollen bitte noch einmal zum Anleger kommen«, sagte Frau Berger.
Lattenmeyer sah auf die Uhr. »Es ist spät. Hat er eine Telefonnummer hinterlassen?«
»Ab achtzehn Uhr ist er unter dieser Nummer zu erreichen.«
Frau Berger reichte ihm einen Zettel.

»Vielen Dank. Ich habe noch etwas zu erledigen. Ich kehre heute nicht mehr ins Büro zurück.«

»Bis morgen«, antwortete Frau Berger.

Lattenmeyer ließ sein Fahrzeug in einer Seitenstraße zurück. Seine Armbanduhr zeigte siebzehn Uhr und zwanzig Minuten. Er schlenderte durch die Straßen. Pünktlich suchte er eine Telefonzelle auf. Er wählte die Telefonnummer, die auf dem Zettel stand, und ließ es bis zum Freizeichen klingeln. Dann steckte er sich eine Zigarette an und versuchte es noch einmal. Am anderen Ende der Leitung nahm niemand ab. Lattenmeyer nahm einen tiefen Zug aus seiner Zigarette. Er wollte unter keinen Umständen allein zum Anleger fahren.

Er verließ die Telefonzelle und setzte seinen Spaziergang fort. Es war schon dunkel, als er in eine Straße einbog. Er war unruhig und bemerkte nicht, dass ihm jemand folgte. Er blieb vor einem Haus stehen, in dessen Auslage großformatige Plakate mit angeleuchteten nackten Frauen hingen. Kesselbach öffnete eine Tür und verlangte ein Billet. Vor einem großen Spiegel brachte er seine Kleidung in Ordnung. Beim Umherstreifen hatte sich sein Hemd aus der Hose gearbeitet. Seine Krawatte war verrutscht und seine Haare hingen wirr im Gesicht. Er zog mit dem Kamm einen Scheitel, knöpfte kurz seine Hose auf und stopfte sein Hemd dazwischen. Das rote Licht der Deckenbeleuchtung wärmte ihn wie eine Sonne. Aus unsichtbaren Lautsprechern dudelte Musik.

Er öffnete die Tür zu einer Kabine und nahm Platz. Die Wände um ihn herum waren mit schwarzem Samt ausgeschlagen. Über ihm brannte eine schwache Lampe. Vor ihm erhellte sich der Monitor und ein Film lief ab. Zwei Männer hatten ein Mädchen ausgezogen und legten es mit dem Hinterteil nach oben auf eine Couchlehne. Während einer der Männer in sie eindrang und sie kurz aufschrie, sagte der andere Mann:

»Du kleine schlitzäugige Schlampe.«

Lattenmeyer hatte seine Hose abgestreift und fühlte zur Sicherheit an dem hinter ihm befindlichen Türgriff. Die Tür war verriegelt. Über der Tür brannte eine rote Lampe. Lattenmeyer sah in die Augen und auf das Geschlechtsteil des Mädchens und spritzte ab.

Danach fingerte er in seiner Tasche nach einem Papiertaschentuch. Er verwischte die Spuren auf dem schwarzen Samt. Dann zog er seine Hose hoch und ging nach draußen.

Es war dunkel. Lattenmeyer schloss sein Jackett und schlug den Kragen hoch.

Hinter der nächsten Straßenecke rempelte er aus Versehen einen Mann an.

»Entschuldigung.«

Der Mann war ein kleiner Asiate und sah abgerissen aus. Lattenmeyer kannte ihn. Es war ein Mann von dem Schiff.

»Was machst du denn hier?«

Der Mann verstand Lattenmeyer nicht. Er sah ihn nur immerzu an.

»Komm. Lass uns zurückgehen«, sagte Lattenmeyer und streckte seine Hand nach dem Mann aus. Der Mann schüttelte ungläubig den Kopf. Lattenmeyer griff in seine Jackettasche. Da blitzte etwas Blankes vor ihm auf und drang in seinen Körper. Immer wieder, in schneller Folge. Lattenmeyer taumelte. Mit geöffneten Augen schlug er auf dem Straßenpflaster auf.

Lohmann   1984

Das Foto zeigte, dass der Schädel gespalten war. Irgendwer hatte ihn mit einem harten Gegenstand bearbeitet und sein Opfer dann liegenlassen, unter den Holunderbüschen – auf dem Weg, der die kleine Siedlung mit der Durchgangsstraße verband.

Der junge Mann war höchstens Zwanzig und man hatte ihn genau dort ermordet, wie die Polizei herausfand. Die Anwohner hatten keine Schreie gehört in dieser Nacht.

Lohmann, in seinem kleinen Tabakladen, hielt die Fotografie des Jungen in den Händen, während sich der Kriminalbeamte umsah.

»Ich kenne ihn. Er hat hier öfter Tabak und Blättchen gekauft.«

»Haben Sie mit ihm gesprochen? Hatten Sie näheren Kontakt?«

»Nein.«

Ein paar Tage später kam Ruske von gegenüber in Lohmanns Laden und berichtete:

»Einige Frauen haben in der Tatnacht einen verdächtigen Mann gesehen. Sie haben der Polizei eine Beschreibung gegeben, aber die ist nicht exakt.«

»Wegen der Dunkelheit?«, fragte Lohmann. »Genau«, erwiderte Ruske, »außerdem waren sie angetrunken. Es ging wohl alles sehr schnell. Der Mann hatte es eilig und die Frauen fast umgerannt. Ihre Angaben sind wirklich mehr als dürftig.«

Lohmann war sich seiner Sache sicher. Er war weit weg, als es passierte. Wieso glaubte er, die Polizei brächte ihn mit der Tat in Verbindung. War es die Art, wie der Kriminalbeamte seinen Notizblock zückte? Unsinn, es war nichts weiter als eine Routineuntersuchung. Man hatte ihn lediglich einmal befragt und er hatte gelogen. Er kannte den jungen Mann. Einmal war er in seinen Laden gekommen und hatte Tabak gekauft. Dann war er wieder gegangen.

Der Täter hatte mit einem harten Gegenstand zugeschlagen. Die Tatwaffe wurde noch gesucht. Die Polizei durchkämmte die gesamte Umgebung. Lohmann hatte seinen Laden zur Mittagszeit immer geschlossen und saß in dem kleinen Raum hinter der Ladentheke und aß. Die betrunkenen Frauen hatten eine dürftige Beschreibung des Täters abgegeben. Die Polizei suchte ein Phantom.

Lohmann spielte selbstvergessen mit seiner Gabel, ließ seinen Blick aus dem Fenster schweifen. Von hier konnte er die Ulme sehen.

»Im Park liegt eine junge Frau, der scheint es nicht gutzugehen«, erzählte ein Penner und Lohmann schloss seinen Laden, um nachzusehen.

Es stellte sich schnell heraus, dass es sich um den jungen Mann handelte. Lohmann betrachtete ihn einen Moment – dann beugte er sich zu ihm hinab. Zur Sicherheit fühlte er den Puls des Jungen. Lohmann strich mit seiner Hand über dessen Handrücken.

»Hallo. Geht es Ihnen gut, junger Mann?«

Der Junge rührte sich nicht. Lohmann versuchte, ihn an den Schultern zu packen. Er fühlte die Muskeln unter seiner Kleidung. Dennoch wirkte er feminin mit seinem langen Lockenhaar und dem Ohrring.

»Der Junge schläft nur«, sagte Lohmann.

Ja, genau so hatte sich alles abgespielt. Hätte er das in aller Ausführlichkeit den Beamten erzählen sollen?

Wenn Lohmann daran dachte, wie der Junge umgekommen war, überkam ihn eine Gänsehaut. Der Mörder hatte dem Jungen schwer zugesetzt. Die Erde in der Umgebung des Leichnams war blutdurchtränkt. Bei diesem Anblick hätte sich Lohmann sicher vor Ekel übergeben.

»Haben Sie Feuer?«, fragte der junge Mann und Lohmann war verdutzt, weil es der Junge war, den er kannte.

»Ich rauche nicht mehr«, antwortete Lohmann und nahm einen Schluck von seinem Bier. Nach dem Kino bevorzugte er diese Kneipe. Den Jungen hatte er noch nie hier gesehen.

»Sie gehören eigentlich nicht in diese Altherrenkneipe.«

»Woanders ist es mir zu laut. Außerdem schmeckt mir das Bier hier.«

»Das ist gut.«

»Ich danke Ihnen, dass Sie sich um mich gekümmert haben.«

»Was meinen Sie?«

»Neulich. Unter dem Baum.«

»Aber Ihnen fehlte doch nichts. Sie haben lediglich geschlafen.«

»Aber dennoch haben Sie sich um mich gekümmert.«

»Das ist doch selbstverständlich.«

Lohmann sah dem Jungen in die Augen und errötete. Er drehte sich zur Seite und griff nach seinem Bierglas. Er wollte dem Jungen nicht mehr in die Augen sehen.

Lohmann schloss seinen Laden und ging nach Hause. Seine Frau erzählte ihm von einem Anruf der Polizei.

»Warum haben sie mich nicht im Laden angerufen?«

»Vielleicht hatten sie deine Nummer nicht zur Hand. Jedenfalls sollst du ins Präsidium kommen. Zur Überprüfung deines Alibis.«

»Ach so. Ich brauche plötzlich ein Alibi.«

»Scheint so.«

»Ich war am Donnerstagabend zu Hause.«

»Du bist, wie immer, ins Kino gegangen.«

»Alleine?«

Seine Frau nickte.

Wie hieß der Film? Plötzlich hatte er einen Blackout. Wieso fiel ihm der Titel des Films nicht mehr ein?

Naja, sowas kann schon mal vorkommen. Außerdem gab es sicherlich Zeugen. Die Kassiererin. Der Platzanweiser. Die Kinokarte? Die Kriminalbeamten würden derartige Fragen stellen. Er ging zur Garderobe, um in seinem Jackett nach der Kinokarte zu suchen. Erfolglos.

Der junge Mann und Lohmann saßen in der Kneipe auf den Barhockern. Der Junge hatte zu viel getrunken und legte kameradschaftlich seinen Arm um Lohmanns Schulter. Lohmann wurde es heiß und kalt und er machte sich frei und sagte: »Es ist besser, Sie gehen jetzt, bevor Sie beim nächsten Bier unter dem Tisch landen.«
Später begleitete er den Jungen bis zur Kneipentür.
»Finden Sie allein den Weg nach Hause?«
Der Junge nickte zögernd. Lohmann deutete über die Straße auf den Weg, der zur Siedlung führte:
»Wenn Sie dort langgehen, sind Sie schnell zu Hause.«
Zweihundert Meter von dieser Stelle, unter den Holunderbüschen hatte man den Jungen gefunden.

Lohmann ging dem Jungen nicht hinterher. Das wusste er genau.
Aber er ging auch nicht sofort nach Hause.
Er wollte die frische, klare Luft genießen. Tief durchatmen wollte er – durch die Nacht laufen und vor allen Dingen allein sein. Niemandem begegnen müssen – nicht sprechen. Nur kurze Gedankenfetzen aufnehmen und an die Nacht abgeben.

Lohmanns Hände zitterten, als er ein Glas zum Mund führte.

»Warum bist du denn so aufgeregt?«, fragte seine Frau. In ihren Augen glaubte er ein hartes Blitzen zu erkennen. Das Licht einer Lampe spiegelte sich in ihren Pupillen.

»Glaubst du etwa, ich habe etwas mit dieser schrecklichen Sache zu tun?«

»Das glaube ich nicht«, antwortete seine Frau zögerlich.

In Lohmanns Kopf drehte sich alles. Alles wurde durcheinander geworfen. Er sah seine Frau an. Ihr Körper sprach eine eindeutig andere Sprache: Ihr fahriges Verlegenheitsauftreten, das schüchterne Abwenden, der Zug von Angeekeltsein in ihren Mundwinkeln, das zur Seite Schleichen. Alles.

Er goss noch einmal nach, trank den Inhalt des Glases in einem Zug. Er bot ein klägliches Bild. Wenn jetzt die Beamten kämen, mitten in diesen Zustand hinein, auf dem Weg zum Gebrochensein? In diesem Moment wäre für sie alles klar.

Auf Lohmanns Stirn bildeten sich kleine Schweißtropfen. Seine Finger begannen, angstvoll zu schwitzen.

Verschwommen sah er seine Frau die Küche verlassen. Er goss das Glas bis zum Rand

voll. Alles um ihn herum verschwamm
schemenhaft.

»Ich bin unschuldig«, sagte er zu sich selbst.

Fische   1985

Ich muss erst wissen, ob Sie sich um die Fische kümmern. Im Falle eines Falles. Ansonsten sage ich kein Wort. Verantwortung ist das Schlüsselwort. Verstehen Sie?

Also, stellen Sie sich vor. Über der zugefrorenen Seefläche schweben Möwen. Alles ist vereist. Das kleine Mädchen mit dem Schlitten – sie hat brünettes Haar, das unter ihrer Wollmütze hervor lugt – könnte unsere Tochter sein.

Aber lassen wir das. Es tut mir leid, aber als ich sie sah, musste ich unweigerlich daran denken. Schlittenfahren macht mir großen Spaß. Ich bleibe fast den ganzen Tag im Park und rodle mit wenigstens fünfundzwanzig Kindern auf der vereisten Bahn. Manchmal schauen sie neugierig zu mir herüber, weil ich mich wie ein Rennfahrer auf den Schlitten lege. Genauso, wie ich es als Kind immer getan habe.

Langsam, langsam. Ich komme schon noch auf den Punkt. Aber vorneweg – es steht außer Frage, dass ich sie geliebt habe. Ja, ich habe es aus Liebe getan.

Das Wetter ist trübe. Ich getraue mich nicht aus der Wohnung. Der Tod in der Realität besitzt keinerlei Dramatik. Manchmal ist er auf eine geradezu lächerliche Weise banal.

Ich habe mich seit Tagen nicht rasiert. Ich sitze am Frühstückstisch. Es ist neun Uhr, keinesfalls später, weil ich Unpünktlichkeit verabscheue und immer um neun Uhr frühstücke. Vor mir steht eine Kanne mit Tee. Der Tee zieht fünf Minuten, bevor ich ihn in die Tasse gieße. Ich liebe Schwarzbrot, Käse, manchmal ein Ei. Immer liegt eine Zeitung neben mir auf dem Tisch. Kein aktuelles Blatt, was nicht weiter dramatisch ist, weil mich brandneue Nachrichten nur beunruhigen. Es ist still im Zimmer. Bevor ich mich setze, knipse ich grundsätzlich das Licht im Aquarium an. Es ist wichtig, den Tag und Nachtrhythmus einzuhalten.

Neulich machte ich eine Entdeckung. Der Zwergwels unter der Koralle bewegte sich äußerst merkwürdig. Dieser Umstand an sich ist nicht ungewöhnlich, wenn man mit Welsen vertraut ist. Dennoch schien es mir, als habe sich der Fisch in der Koralle verfangen. Ihre Öffnungen waren zu klein, um den Wels entschlüpfen zu lassen. Ich griff ins Wasser und befreite das Tier. Ich fühlte mich verantwortlich. Verstehen Sie?

Ich sollte verschwinden, endlich verschwinden. Aber wer kümmert sich dann um die Fische?

Stellen Sie sich unseren Kleiderschrank vor. Auf einem Kleiderbügel hängt das Geblümte. Ein leichtes Sommerkleid. Sie trug es höchstens einen, vielleicht zwei Sommer lang. Ich habe kaum Erinnerungen an diese Zeit. Ruhig. Ich muss nachdenken. Es ging darum, dass ich ein Kind wollte. Ich empfinde das Leben nämlich als sinnlos – ohne Kinder. Aber sie teilte meine Meinung nicht. Gut, ich akzeptierte es, aber ich verstand sie nicht.

Hinter dem Einbauschrank ist eine kleine Nische, durch eine Tür im Schrank zu erreichen. Ich stellte mir vor, wie sie unseren zukünftigen Kindern als Versteck dienen könnte.

Sie erkennen es ganz richtig. Ich gebe die Hoffnung nicht auf. Ich gebe die Hoffnung niemals auf.

Aber nun zu etwas Anderem. Ich kenne meine Frau, bis in die letzten Winkel ihres Bewusstseins. Da macht sie mir nichts vor – schon gar nicht mit diesem Kerl, diesem schmierigen Subjekt. Sie muss verrückt sein, wenn sie denkt, ich lasse mir alles von ihr gefallen. Ich lasse mir keine Hörner aufsetzen. Verstehen Sie?

Um diese Jahreszeit ist der Ententeich zugefroren. Unter der Fußgängerbrücke ist ein schmaler Streifen Wasser zu sehen. Dort dümpeln ein paar Enten. Ich werfe Brotstücke auf die Eisfläche und die Entenschar setzt sich in Bewegung. Zu Hause habe ich es nicht ausgehalten. Dieser Gestank bringt mich um. Ich weiß nicht, was ich noch tun soll. Er ist penetrant – trotz der kalten Witterung. Ich habe die Fenster geöffnet.
Auf der Bank zwischen den Eichen sitzt in Mäntel gehüllt ein junges Paar. Der Mann hat seinen Arm um die Schulter der Frau gelegt. Dann stehen sie plötzlich auf und gehen den Weg in Richtung Fußgängerbrücke, während ich weiter die Enten füttere. Auf der Fußgängerbrücke beginnt das Paar, sich zu streiten. Eine Auseinandersetzung wie ein plötzlich heraufziehendes Gewitter. Dein Kind – mein Kind und so weiter. Sie reißt sich von ihm los. Zuerst steht er verdutzt da. Dann beginnt er, hinter ihr herzulaufen. Sie ist schnell. Er hat Mühe mitzuhalten. Nein, ich schweife nicht ab. Warum erwähne ich diesen Vorfall? Ich wollte damit ausdrücken, dass auch andere Paare ihre Probleme haben.

Es ist nicht alles Gold, was glänzt. Nicht wahr?

Ja, schauen Sie sich das Bild ruhig an. Sie können es in die Hand nehmen. Auf dem Foto sitzt meine Tochter auf ihrem Hüpfball. Es ist ein strahlender Sommertag. Der Himmel ist blau, die Bäume grün. Sie war ein paar Mal über den Rasen gehüpft und ihre verschwitzten Haare kleben an der Stirn.

War es nicht so? Sie behaupten, ich sage die Unwahrheit. Nein, sie ist nicht das Kind eines anderen Mannes. Reden Sie kein dummes Zeug. Sie verwirren mich. Wenn Sie nicht damit aufhören, sage ich kein Wort mehr.

Was mein Aquarium betrifft, haben Sie allerdings recht. Ich scheine langsam den Überblick zu verlieren. Glauben Sie mir, ich weiß wovon ich rede. Sie müssen wissen, als Schüler betreute ich unser Klassenaquarium. Darum habe ich eine gewisse Erfahrung in der Pflege von Aquarien sammeln können. Augenblicklich schwimmen dort drei Welse, die sich gegenseitig bekriegen, ja zerfleischen, nachdem sie den übrigen Fischbestand gefressen haben. Das jetzt trübe Wasser deprimiert mich. Ich kann nichts dagegen tun. Durch die anderen Umstände bin ich wie gelähmt.

Als meine Frau kam, war ich auch mit den Fischen beschäftigt. Eines meiner Platyweibchen war trächtig. Sie muss noch einen Schlüssel zur Wohnung gehabt haben. Jedenfalls war sie überrascht, mich zu sehen. Eigentlich wollte sie nur ihr Sommerkleid abholen. Mitten im Winter. Das Ganze war ein Witz. Aber alles war ruhig. Wir waren gelassen. Haben ein bisschen über alte Zeiten geredet. Blah Blah Blah. Dann zeigte sie mir das Bild ihrer Tochter. Mein Gott, wie schnell die Zeit vergeht und so weiter. Ja, ja, die Zeit. Eines Tages wird alles zu Ende sein. Es wird keinen Schmerz, kein Leid mehr geben. Alles wird ausgelöscht sein.

Sie haben recht. Wir haben uns gestritten und irgendwann hatte ich das Kissen in der Hand. Fast unbewusst habe ich danach gegriffen. Bis Ruhe herrschte. Stille.

Ich habe keine Angst vor dem Tod. Er machte mich zu seinem Gehilfen. Glauben Sie mir. Er wählte mich, um sie zu erlösen.

Ich werde keinen Widerstand leisten. Ich bereue es. Ich bin bei Verstand. Glauben Sie mir, ich bin todunglücklich über den Ausgang der Geschichte. Ich wollte sogar sterben. Aus dem Fenster springen. Aber letztendlich fehlte mir der Mut. Herr Gott noch mal. Sie wollte doch selbst sterben. Dieser schmierige Typ hatte Sie doch längst verlassen – allein gelassen mit dem Kind. Im Grunde kam sie zu mir, nach Jahren – verzweifelt würde ich sagen, um sich die Seele aus dem Leib zu weinen und ihr Herz auszuschütten. Aber ohne Lebensmut. Verstehen Sie?

Sie war erledigt und wollte sterben. Wenn Sie so wollen, habe ich ihr einen Gefallen getan.

Ich habe die Heizung abgestellt, wie Sie sicher bemerkt haben.

Es ist Winter. Ein strenger Winter dieses Jahr. Auf der Fensterscheibe bilden sich Eisblumen. Als Kind hauchte ich meinen Atem gegen die Scheibe, bis sie ganz undurchsichtig wurde und die Welt draußen verschwand.

Trotz der Kälte war es der Gestank, der Sie alarmierte, nicht wahr?

Ich hielt es selbst kaum aus, in der Wohnung – mit der Leiche. Mein Plan war es, sie eines Tages, nach dem Frost, im Meer zu versenken. Ich glaube, das wäre ihr Wunsch gewesen. In meinen Träumen sehe ich sie, wie in einem Kokon, auf den Wellen tänzeln.

Sie müssen wissen, ich lebe schon lange Zeit allein und habe viel Zeit nachzudenken. Bitte verzichten Sie auf Handschellen. Ich komme widerstandslos mit. Sie müssen mir nur versprechen, sich um die Fische zu kümmern.

Was für ein Leben   1976

Ich betrete das Firmengelände ungern während der Arbeitszeit. Nach der regulären Arbeitszeit betrete ich es überhaupt nicht. Mein Name ist Georg B. Ich bin Angestellter dieser, meiner Firma. Ich bin hier seit 25 Jahren beschäftigt. Ich bin mit einer gehörigen Portion Verantwortung belastet. Ich bin leistungswillig und absolut korrekt. Ich stagniere, der weitere Aufstieg ist mir versagt. Ich bin Fünfzig.

Ich fühle mich in meinem Büro nicht wohl. Ich fühle mich in sämtlichen Büroräumen meiner Firma nicht wohl. Meine Kollegen mögen mich nicht. Sie meiden mich, sie umgehen mich. Sie schmeicheln mir, umschleichen mich, belügen mich, reden hinter meinem Rücken über mich oder sabotieren meine Arbeit. Meine Sekretärin macht das auch. Ich bitte sie, einen Bogen Papier in die Schreibmaschine zu spannen, weil ich noch schnell einen Brief diktieren möchte. Ich bin immer sehr freundlich zu ihr. Sie schaut mich mit ihren Katzenaugen an und sagt mir trocken, dass sie im Augenblick keine Zeit und noch weniger Lust habe, einen Bogen Papier in die Schreibmaschine zu spannen.

Sie ist mit sich und ihr nahestehenden Dingen beschäftigt. Mein Büro riecht wie eine Parfümfabrik. Ich wage nicht, ihr zu widersprechen. Ich habe keine Autorität. Ich möchte einen guten Eindruck bei ihr machen, aber sie ignoriert mich. Ich bin alt.

Ich trete auf der Stelle. Ich bin nervös. Neuerdings bearbeite ich Vorfälle, die seit Jahren als erledigt und abgelegt gelten. Man lacht über mich.

Ich vertrete mit Inbrunst die Interessen der Firma. Aber es ist mir gleichgültig, was aus der Firma wird, wenn ich pensioniert bin. Ich möchte nicht vorzeitig entlassen werden. Ich weiß, dass ich noch nicht ausgelaugt bin. Ich bin fähig.

Ich bin nicht sicher, ob mein Chef mich für fähig hält. Ich bin ihm nicht sympathisch. Er meidet mich. Ich habe Angst vor seinem Anruf. Ich habe Angst vor dem Telefon. Das Klingeln reißt mich auf, schnürt mir die Kehle zu, bedrängt mich, zwingt mich zur Rechtfertigung, redet, zerredet mich in Grund und

Boden. Ich bin klein. Ich fürchte, die Muschel könnte mich erschlagen. Die Klingel klingt abscheulich. Ich sabotiere den Anschluss. Entferne die Drähte, klinke mich aus.

Das Telefon wird ins Nebenzimmer umgeleitet. Dort sitzt Peter Ruhmholz. Er ist wesentlich jünger und sein Nervensystem scheint mir unversehrt. Ruhmholz kappt den Anschluss ebenfalls. Seine Nerven sind nicht so gut, wie ich dachte. Die Störungsstelle wird benachrichtigt. Leider.

Der Chef ist ein allmächtiger Mann. Er kann mit Hilfe des Personalleiters meine Entlassung verfügen, zumindest eine Umgruppierung innerhalb der Firma anordnen.

Man legt auf meine Mitarbeit keinen Wert. Ich bin tot. Der Aufstieg ist mir versagt. Ich habe den Kontakt zu meinen Untergebenen verloren. Ich fühle mich wertlos.

Ich bin nicht wertlos. Ich werde gebraucht. Ich werde benutzt, vermarktet. Ich bin eine Hure. Ich werde nicht anerkannt. Ich bin eine schlechte Hure. Ich bin fünfzig. Ich bin eine alte Hure. Ich möchte abspringen. Ich brauche das Geld. Ich brauche die Anerkennung.

Mein Chef kann mich von der Straße fegen, direkt in die Gosse. Er hält die Fäden. Ich bin seine Marionette. Ich krieche vor ihm. Ich bücke mich. Ich hasse es, mich zu bücken. Ich möchte aufrecht gehen. Ich möchte die Fäden durchschneiden. Ich möchte mich losreißen.

Ich habe den Mut nicht. Ich möchte Entscheidungen schwerwiegender Art meinem Chef überlassen. Ich möchte mich auf seine Anordnungen berufen können. Ich möchte meine Hände in Unschuld waschen. Dann trägt der Makel seinen Namen. Ich bin rein. Ich bin seine Marionette. Es könnte anders sein, wenn ich mich losreißen könnte. Ich bin alt.

Vielleicht reiße ich mich los, durchschneide eigenhändig, eigenmächtig meine Fäden.

Nein. Ich schrumpfe. Ich bin ein Zwerg. Ich bin ein lästiges Insekt. Riesenhafte Füße versuchen, mich zu zertreten, gigantische Handballen drohen, mich zu erdrücken. Ich fliehe über Fensterbänke, krabble unter Lampenschirme, zwänge mich in Mauerritzen. Ich hangle mich behänd, die Füße abgestützt, an weißer Keramik empor, erklimme den Schüsselrand, lasse mich abwärtsgleiten. Ich stehe in einer Toilettenschüssel. Es gibt keinen Ausweg. Ich bin hilflos. Ich bin erledigt. Ich war unbedacht. Die Ärsche werden kommen. Die Ärsche werden sich setzen. Die Ärsche werden sich auslassen. Ich habe Angst. Was für ein Leben!

In einem Hotelzimmer   1982

Eine Leuchtreklame belebte das Zimmer mit ständig wechselnden Farbtupfern. Sie färbte ein nacktes, auf einem Stuhl angewinkeltes Bein grün. Von der Decke hing eine nackte Glühbirne. Ihr spindeldürres Herz lag sichtbar und glühend im klaren Glas frei.

Eine Frauenhand rollte den Strumpf über den Knöchel. Wie ein kleines, verschrecktes Tier rollte er sich am Fußboden zusammen. Kleine Staubwolken wurden vom Luftzug bewegt.

Ein Mann lag auf dem Bett und wickelte einen Kaugummi aus dem Papier. Die Frau streifte ihr Höschen über ihr sanft perlendes Hinterteil. Die Perlen hatten das Muster einer Gänsehaut. Übermütig tänzelte sie von einem Bein aufs andere und verschwand im Badezimmer. »Hier tropft es von der Decke«, rief Sie. »Wahrscheinlich wird in der Wohnung über uns geduscht«, antwortete der Mann auf dem Bett.

Die Frau stellte die Dusche an. Es gab ein Geräusch wie aus einer unterirdischen Fabrik, wenn in der Tiefe ein stählernes Rohr sich an rostigem Metall reibt.

Der Mann auf dem Bett ließ mechanisch seinen Kaugummi im Mund kreisen. Auf dem Fußboden, neben seinem Bett, lag ein ausgetretener orientalischer Läufer, an dessen Ende ein Stuhl stand. An der Lehne des Stuhls hing ein abgelegter Slip. Auf dem Läufer verlief eine zarte Spur von nackten Füssen. Die Fasern hatten sich an einigen Stellen noch nicht wieder aufgerichtet. Die Spur führte ins Badezimmer.

Auf dem Flur fiel eine Tür ins Schloss. Stimmen wurden laut. Der Fussboden vibrierte unter den Schritten. Der Mann stand vom Bett auf und bewegte sich zum Fenster. Vom unbeleuchteten Nebenhaus schwappten Saxophongeräusche zu ihm herüber. Die Frau trällerte ein Lied unter der Dusche. Der Mann blickte im Schein der Leuchtreklame auf sein Geschlecht. Es hing regungslos an ihm. Aus dem Badezimmer drangen gurgelnde Geräusche. Gerade so, als saugte der Abfluss Wasser aus dem Becken. Der Mann krabbelte unter die Bettdecke und zog sie bis ans Kinn zu sich heran. Dann holte er mit dem Finger den Kaugummi aus seinem

Mund und drückte ihn an die untere Kante des Bettgestells.

Auf der Straße hupten Automobile. Das Saxophon war verstummt. Im Zimmer war es ganz still. Nur aus dem Badezimmer drang ein sanftes Tropfen, wie Wasser, das auf Keramik trifft. Dann – ein Geräusch, das sich nach der Bewegung eines Handtuches auf nackter Haut anhörte.

Der Mann schloss seine Augen. Ein Lichtschalter wurde betätigt. Ein weiteres Geräusch ließ ihn seine Augenlider öffnen. Die Glühbirne war erloschen. Die Badezimmertür stand auf, wie ein riesiges, kaum wahrnehmbares Maul. Er nahm den Schatten einer Gestalt wahr und fürchtete sich einen Moment. Es war die Frau, die sich auf ihn zu bewegte, wie ein schwarzes, wildes Tier.

Dornmann   1983

Auf dem frischgemachten Bett des Hotelzimmers lag ein aufgeklappter Koffer. Neben dem Nachtschrank war die Minibar platziert, an deren Frontseite eine Preisliste klebte. Dornmann löste seine Krawatte und fuhr sich mit beiden Händen durch sein schütteres Haar. Dann öffnete er die Tür zur Bar und nahm ein Cognacfläschchen heraus. Er leerte es in einem Zug und ging zum Telefon. Ja, er möchte ein Amt – um zu Hause anzurufen, dass alles in Ordnung und er gut angekommen ist. Später: Ja, er habe Geld aus der Schatulle genommen. Er könne schließlich nicht ohne ein paar Mark unterwegs sein. Selbstverständlich bekäme er Spesen, aber rückwirkend und schließlich sei es doch selbstverständlich und immerhin auch sein Geld. Ein Streit wäre doch am Telefon nicht angebracht – außerdem habe er jetzt keine Zeit mehr. Ja, er würde bei Gelegenheit wieder anrufen. Schönen Gruß an die Kinder. Dornmann ging zur Bar zurück und sah hinein. Da standen die bunten Flaschen an der Spiegelwand und es glitzerte in dem Schrank wie in einem Palast.

Auf der Terrasse sah Dornmann über die glatte, spiegelnde Fläche des Sees. Ein Zug fuhr in weitem Bogen um den See herum, durchquerte ein Waldstück und war bald nicht mehr zu sehen.

Olschewski ließ die Terassentür hinter sich zuschlagen.

»Ich habe ein mulmiges Gefühl. Ich bin nicht sicher, was sie mit uns vorhaben«, sagte Dornmann, ohne sich umzudrehen.

»Mach dir nicht ins Hemd. Wir werden uns wie üblich gegenseitig vorstellen und dann gehen sie nach Plan vor. Wie immer der auch aussehen mag.«

»Das ist es ja, was ich meine. Es wird bestimmt schlimm. Sie werden uns vorführen.«

»Aber nein. Wenn wir tatsächlich auf der Abschussliste stünden, gäbe es diesen Lehrgang nicht für uns.«

»Es ist unsere letzte Chance, nicht wahr?«

»Wahrscheinlich.«

Olschewski hatte die Hände in den Manteltaschen vergraben: »Kommst du mit nach unten?«, fragte er.

»Ich muss noch meine Unterlagen holen. Ich komme dann nach. Es ist ja noch Zeit.«

Olschewski sah auf die Uhr: »Mach langsam. Wir sind viel zu früh dran.«

In seinem Zimmer griff Dornmann in seine Tasche und nahm die Aktenordner heraus, die er in den nächsten Stunden nicht benötigte. Beim Anheben der Tasche fiel eine Fotografie aus einem der Ordner. Auf dem Foto standen ein Mann und eine Frau auf einem Bahnsteig und in der Ferne waren die Lichter einer Lokomotive zu sehen. Der Mann war Dornmann und neben der Frau standen zwei Koffer. Es handelte sich um einen Bahnhof in einem südlichen Land. Kärgliche Umgebung mit vereinzelten Palmen im Hintergrund. Ein alter Schulkamerad von Dornmann hatte die Aufnahme gemacht – eine Aufnahme aus einem anderen Leben. Dornmann legte das Foto behutsam auf sein Nachtschränkchen. Dann begab er sich mit seiner Tasche auf den Hotelflur.

Der Flur war endlos lang und durch Glastüren unterteilt. An der Decke lief eine Neonspur, die ihre Umgebung in grelles Licht tauchte. Hinter der zweiten Glastür, kurz vor dem Treppenabsatz nach unten, stand auf der linken Seite eine Zimmertür offen. Es steckte kein Schlüssel im Schloss. Im Zimmer war die Gardine zurückgezogen und hinter dem Fenster sah Dornmann den See schimmern. Er blickte auf seine Uhr. Es war noch Zeit bis zum Beginn des Seminars.

Nach kurzem Zögern sah er sich schnell nach allen Seiten um und betrat das fremde Zimmer, in dem eine merkwürdige Stille herrschte. Er blieb kurz stehen und horchte. Nichts.

»Hallo…hallo.«

Auf einem Tisch am Fenster lagen allerlei Papiere. Inmitten des Chaos lag eine aufgeschlagene Brieftasche aus Leder. Instinktiv griff Dornmann nach der Brieftasche und ließ sie in seiner Jackettasche verschwinden. Einen Moment lang glaubte er, in seinem Nacken einen Luftzug zu spüren. Er drehte schnell seinen Kopf. Es war nichts. Nur Dornmanns Erregung ließ seine Nackenhaare vibrieren. Er bewegte sich schnell in Richtung Türschwelle. Als er in den Flur hinaus trat, rempelte er gegen einen Körper.

»Oh, Verzeihung«, stammelte er aufgeregt und sah in ein Gesicht mit einer dunkel getönten Brille auf einem rotgeäderten Nasenrücken. Ein Schreck durchfuhr ihn. Er wollte schon sagen, die Tür habe offengestanden und er habe lediglich nachsehen wollen, ob etwas passiert sei, doch dann blieb er stumm. Der Mann ging wortlos an ihm vorbei und blieb an der Tür des Fahrstuhls stehen. Dornmann hörte das Signal der

Fahrstuhlsanzeige und ging weiter, zu seinem Zimmer zurück.

Sein Herz schlug schnell, als er die Brieftasche durchwühlte. Nach dem Öffnen eines Reißverschlusses fand er Geld. Jede Menge Geld. Dornmann ließ die Scheine durch seine Finger flattern – dann sah er, eher beiläufig, auf die Fotografie auf dem Nachtschrank. Er dachte daran, wie der Zug hielt und ihn die heiße Luft der Maschine anblies und daran, wie er einstieg, um ihre Koffer in dem kleinen Abteil zu verstauen. Dann sprang er aus dem Zug, wie aus einem anderen Leben und blieb allein am Bahnsteig zurück.

Dornmann ging ins Badezimmer und trat vor den Spiegel. Er hatte inzwischen einen Oberlippenbart und schütteres Haar. Über seiner Hose wölbte sich ein kleiner Bauch. Er hatte kaum noch Ähnlichkeit mit dem Mann auf dem Foto. Er wusch seine Hände in dem kleinen Waschbecken unter dem Spiegel, gerade so, als wasche er eine Schuld von sich ab. Dann dachte er, dass es nicht zu spät war – niemals zu spät war, um neu anzufangen und alles hinter sich zu lassen – zu allererst das verhasste Seminar.

Um die Mittagszeit ging Dornmann die Straße zum See hinunter und von da auf den Fußweg, der um den See herumführte. Neben dem Weg verliefen die Eisenbahngleise und als er schon mitten im Wald war, hörte er den Zug kommen. Er blieb stehen und sah die Lokomotive und die Waggons an sich vorbeirauschen und hinter den Fenstern die Köpfe und Oberkörper der Reisenden. Es müsse schön sein in diesem Zug, dachte er.

Dann ging er ein Stück den Waldweg entlang, bog nach links ab, sprang über ein paar abgesägte Baumstämme. Als er zurücksah, erblickte er den Waldweg nicht mehr. Er überquerte einen kleinen Bach und stand plötzlich vor einer verfallenen Hütte. Die Holzwände der Hütte waren verfault, wie ausgefranst. Alles war mit Pflanzen überwuchert und auf dem Boden der Hütte wuchs zwischen den Steinplatten Moos. Überall lagen Holzbretter und hinter zerschlagenen Fensterscheiben hingen Spinnennetze. Ein ideales Versteck. Dornmann nahm die Brieftasche aus dem Jackett und legte sie hinter einen Stapel Holz. Erschöpft setzte er sich ein paar Schritte entfernt auf den Waldboden. Ein leichter Wind spielte in den Kronen der Bäume.

Als er zurückkam, fing ihn Olschewski am Eingang des Hotels ab.

»Es ist etwas Furchtbares passiert.« Er wedelte aufgeregt mit den Händen.

»Was ist denn?«

»Man hat eine Leiche gefunden. Die Person wurde erdrosselt.«

»Um Gotteswillen.«

»Stell dir vor. Es ist auf unserem Stockwerk passiert. Wahrscheinlich ein Raubmord. Das Zimmer war total verwüstet. Die Polizei wird uns sicherlich verhören.«

»Jetzt brauche ich erst mal eine Zigarette«, sagte Dornmann.

»Alle sind furchtbar aufgeregt.«

»Na ja, wir haben mit der ganzen Sache ja nichts zu tun.«

»Aber es ist auf unserem Flur passiert. Ein paar Türen von deinem Zimmer entfernt.«

Dornmann setzte seine Zigarette in Brand.

Der See am Nachmittag. Auf die glatte Wasserfläche prallten dicke Regentropfen aus wolkenverhangenem Himmel. Henke blickte unter dem Schutz einer Trauerweide über den See. In einem Boot, unweit des Ufers, vergnügte sich ein Pärchen. Spitze Schreie, vermischt mit einem merkwürdigen Gurgeln der Stimmen, drangen zu ihm herüber. Das Boot schaukelte im kabbeligen Wasser. Der Oberkörper eines jungen Mannes kam zum Vorschein. Er griff nach den Rudern und das

Boot setzte sich in Bewegung. Henke schlug den Mantelkragen nach oben.

Marie hieß die Frau, mit der er einst auf einem See war – in einem Ruderboot. Sie hatten damals viel Spaß miteinander. Marie hatte mit einem Trick Henkes Schlüsselbund ergattert und nach einer kurzen Auseinandersetzung über Bord geworfen. Henke sprang sofort hinterher und tauchte solange, bis er in der trüben Tiefe den Schlüssel aus machte und als er auftauchte war Marie mit dem Boot verschwunden.

Der junge Mann wendete mit großer Anstrengung das Boot. Sein weibliches Gegenüber kicherte. Ihre Klamotten klebten am Körper und dem jungen Mann hing eine nasse Haarsträhne ins Gesicht. Henke trat unter der Trauerweide hervor. Der Regen hatte nachgelassen und er dachte daran, wie er damals erschöpft am Ufer angekommen war, mit seiner durchnässten Kleidung durchs Hotel lief und die Leute sich nach ihm umdrehten – und wie Marie im Zimmer auf ihn wartete, als wäre nichts geschehen.

Nun hatte Henke die Hotelhalle erreicht und wischte sich mit einem Taschentuch die Regentropfen von der Brille. Eine Frau, die Henke sofort an Marie erinnerte, bewegte sich in Richtung der Fahrstühle. Henke erreichte mit der Frau zusammen die Fahrstuhlkabine. Sie wandte sich kurz um und sah ihm direkt ins Gesicht. Ihre Augen waren schmal und wirkten asiatisch, ihre Lippen glänzten blutrot unter dem Licht der Kabine. Ihr langes dunkles Haar rief Assoziationen in Henke hervor. Die Frau bediente die Tastatur in der Fahrstuhlkabine, dabei wehte ein betörender Geruch zu Henke hinüber. Irgendwann öffnete sich die Fahrstuhltür und sie stolzierte hinaus – ihr Duft folgte ihr zögernd.

Henkes Zimmer war unverändert. Er hatte seine Reisetasche noch nicht ausgepackt. Nun setzte er sich in den Sessel am Fenster und überlegte, was zu tun sei. Die meisten Dinge in seinem Leben liefen schief. Henke stand auf. Als er den Reißverschluss seiner Reisetasche aufzog, sah er, wie eine Fliege auf dem lederumrandeten Adresskärtchen am Henkel saß und sich putzte. Henke schlug nach der Fliege. Sie flog schnell davon, während Henke eine Whiskeyflasche aus der Tasche nahm, den Verschluss aufdrehte und einen kräftigen Schluck aus der Flasche nahm. Marie hatte ihm Unglück gebracht. Er hätte ihr niemals begegnen dürfen. Er musste mit ansehen, wie ein anderer Mann mit ihr schlief.

Die Fliege saß nun auf seinem Nachtschrank und Henke nahm die Flasche und stellte sie auf das Tischchen am Fenster. Er schob die Gardine zurück, um auf den See hinaussehen zu können. Der See sah genauso aus wie der, den er einmal mit seinem Schlüsselbund in der Hand durchqueren musste. Das hätte ihm zu denken geben müssen. Später hatte Marie einen Liebhaber und er musste mit ansehen, wie der Mann in sie eindrang, während er wie gelähmt auf der Schwelle der Schlafzimmertür stand. Am Ende warfen Marie und ihr Liebhaber ihn aus der eigenen Wohnung.

Henke trank in kurzen Schlucken. Die Fliege setzte sich auf den Hals der Flasche und balancierte darauf. Draußen regnete es wieder. Auf dem See waren keine Boote mehr zu sehen. Die Fliege setzte sich kurz auf Henkes Mundwinkel, nachdem er die Flasche abgesetzt hatte. Er schlug nach ihr und kippte dabei die Flasche um. Die Fliege saß auf dem Fensterglas. Henke traf die Fliege mit flacher Hand. Ein kleiner blutumrandeter Rest blieb auf der Scheibe zurück. So würde es jedem gehen, der sich ihm in den Weg zu stellen wagte.

»Entschuldigen Sie. Ist hier noch frei?« Henke nahm kurz seine getönte Brille ab. Er stand leicht gebeugt, sah kränklich aus und hatte eine Alkoholfahne. Ohne Dornmanns Antwort abzuwarten, setzte er sich.

»Haben Sie schon einmal versucht, sich umzubringen?«

»Natürlich nicht«, sagte Dornmann.

»Ich fuhr in einen Wald. Über die Straße, dann eine Böschung hinauf. Drückte das Gaspedal voll durch. Mein Fahrzeug schlingerte und Laub stob auf. Äste und Zweige flogen wie Geschosse durch die Luft und ich schrie und schrie – aus vollem Hals, weil ich so verzweifelt war und dachte: Gleich wird's dich erwischen und dann wühlte sich der Wagen in die Erde und es krachte um mich herum. Ich schloss die Augen und plötzlich war alles ganz still. Dann stieg ich aus meinem Wagen und stand auf meinen Beinen und beugte meinen Kopf, der immer noch auf meinem Rumpf saß. Mit meinen Augen sah ich an meinem Körper hinab. Es war Schicksal. Ich sollte nicht sterben.«

»Mein Gott.«

»Hätte ich mir denken können, dass Sie so reagieren. Es gibt Menschen, die mir sehr weh getan haben. Aber ich bin zu dem Entschluss gelangt, dass sie ihrer gerechten Strafe nicht entgehen werden. Sie werden für alles büßen. Verstehen Sie?«

Dornmann nickte verständnisvoll.

»Und nun zu Ihnen. Ich könnte bezeugen, Sie gesehen zu haben.«

»Wovon sprechen Sie?«

»Ich habe eine trockene Kehle. Trinken Sie einen mit?«

»Nein danke.«

Henke winkte nach einem der herumflitzenden Kellner und bestellte sich einen Drink.

»Sie brauchen jetzt einen klaren Kopf, nicht wahr?«

»Kann schon sein.«

»Wir können offen reden. Ich weiß alles.«

»Sie wissen gar nichts.«

»Ich habe Sie aus diesem besagten Zimmer kommen sehen. Von diesem Zeitpunkt an habe ich Sie nicht mehr aus den Augen gelassen.«

»Was soll das denn heißen?«

»Ich weiß, wo Sie die Brieftasche versteckt haben. Wahrscheinlich sind sogar noch die Papiere des Toten drin und überall ihre Fingerabdrücke.«

»Ich habe den Mann nicht umgebracht.«

»Sie haben ein Glaubwürdigkeitsproblem, mein Lieber.«

»Das Zimmer war verlassen, als ich es betrat.«

»Erzählen Sie das nicht mir, sondern der Polizei.«

»Was wollen Sie von mir?«

»Das Geld.«

»Welches Geld?«

»Sie sind ein schlechter Schauspieler Dornmann.«

»Der Mann hatte kein Geld.«

»Was zum Teufel war in der Brieftasche?«

»Nichts.«

»Warum haben Sie sie dann mitgenommen?«

»Ich war zu aufgeregt, um an Ort und Stelle nachzusehen. Später stellte ich fest, dass nichts drin war.«

»Ich glaube Ihnen kein Wort.«

Der Kellner brachte den Drink und Henke nahm einen kräftigen Schluck. Dornmann wünschte sich, jemand möge ihn aus dieser ausweglosen Situation befreien. Aber weit und breit war keiner seiner Seminarteilnehmer zu sehen. Selbst der allgegenwärtige Olschewski ließ sich nicht blicken. Ein schlechtes Omen. Ein schlechtes Karma.

»Strapazieren Sie meine Geduld nicht zu lange. Ich zögere nicht, Ihr Leben zu zerstören. Oh nein, das ist falsch. Sie haben Ihr Leben selbst zerstört und zwar in dem Moment, als Sie dieses Zimmer betraten.«

Dornmann nickte verlegen. Sein Herz raste.

»Verdammt – Sie kleiner Scheißer. Versuchen Sie nicht, mich aufs Kreuz zu legen. Ich wusste, dass der Mann Geld hatte.«

Dornmann war nicht in der Lage, Henke diesbezüglich eine Frage zu stellen. Er konnte keinen klaren Gedanken mehr fassen. Immerhin hatte er alles versucht. Er war so lange umhergerannt, bis er in der Falle saß.

»Also, wo ist das Geld?«

»Auf meinem Zimmer.«

Henke bezahlte den Drink und beide fuhren mit dem Fahrstuhl in Dornmanns Etage. Als Dornmann die Tür seines Zimmers aufschloss, sagte er: »Mir geht es finanziell nicht besonders und so, wie die Dinge liegen, ist mein Job auch nicht gesichert.«

»Dafür kann ich nichts. Versuchen Sie nicht, mich mit so einem Psychokram reinzulegen. Ich verstehe keinen Spaß.«

Henke setzte sich auf den nächstbesten Stuhl: »Ich habe zu viel verloren in meinem Leben.«

Dornmann legte das Geld auf den Tisch.

»Das ist alles. Nehmen Sie es und lassen Sie mich in Ruhe.«

Henke richtete sich im Sessel auf und griff nach den Scheinen. Die Muskeln in seinem Gesicht begannen zu zucken.

»Dieses Mal sieht es so aus, als gewinne ich das Spiel.«

»Sieht so aus«, sagte Dornmann.

»Nichts für ungut.«

Dornmann stand auf und drehte sich um. Er wurde langsam ruhiger: »Ich wüsste gerne, warum der Mörder das Geld liegengelassen hat.«

»Vielleicht hatte er es eilig«, sagte Henke.

»Jedenfalls war das Zimmer relativ aufgeräumt, als ich es betrat.«

Henke ließ das Geld in seiner Jackettasche verschwinden.

»Als die Polizei den Toten fand, war alles verwüstet.«

»Spielen Sie jetzt Detektiv?«

Dornmann saß da und fühlte nichts und schwieg.

»Das Geld steht mir zu. Es ist mein Geld.«

»Ja. Gehen Sie endlich. Verlassen Sie mein Zimmer.«

Henke schlug die Tür hinter sich zu und Dornmann ging zum Fenster und sah hinaus. Es war Nacht. Der See lag glatt und still, wie ein toter Körper. Ganz weit draußen sah er drei schwache Lichter. Die Lampen einer Lokomotive, die sich langsam näherte.

An der See   1985

Auf ihren Achselhaaren hatten sich feine Schweißtropfen gebildet, während sie ausgestreckt im Sand lag, ihre Arme über den Kopf verschränkt. Karl roch an ihren Achselhöhlen, strich mit der Zunge darüber und ließ den herben Geschmack auf seiner Zunge zergehen. Seine Nase fuhr an der Seite ihres Körpers hinunter. Der unsichtbare Streifen seiner Berührung ließ auf der Haut eine Gänsehaut entstehen. Als seine Zunge um ihren Nabel kreiste, zog sie den Bauch ein und stöhnte leicht. Er drehte seinen Kopf, legte sein Ohr auf ihren atmenden Bauch und schloss seine Augen.

Lisa hatte ihre Bluse geöffnet und Karl fuhr mit der Hand unter ihren Büstenhalter, unter dessen Körbchenstoff sich ihre Brustwarzen abzeichneten. Er legte seinen Kopf an ihre Brüste und hörte ihr Herz schlagen. Sie lagen auf dem Sand einer Senke. Der Himmel über ihnen war tiefblau und die Sonne funkelte wie ein Stern über den weißen Dünenkuppen. Karl küsste ihren Bauchnabel und ging mit dem Kopf tiefer – bis an den Rand ihres Höschens.

»Ich glaube, da kommt jemand«, flüsterte Lisa.

Auf der Anhöhe erschien die Gestalt einer Frau. Sie sah zu ihnen hinunter und wandte sich ab.

»Sie hat uns gesehen.«

»Und wenn schon«, sagte Karl.

Lisa knöpfte ihre Bluse zu. Karl richtete sich auf und blickte die Dünen hinauf.

»Lass uns gehen.«

Er griff nach ihrer Hand und zog sie zu sich herauf. Sie standen sich einen Moment gegenüber, er spürte ihren Atem und küsste ihren Hals, streifte mit seiner Nase unter den Vorhang ihrer Haare und sog ihren Duft ein. Sie gingen gemeinsam die Anhöhe hinauf. Der Sand unter ihren Füßen war weich und gab bei jedem ihrer Schritte nach. Vor ihnen schlüpfte ein Krebs aus dem Sand und krabbelte mit seitlichem Rechtsdrall vor ihnen her, bis er sich wieder eingrub. Von der Spitze der Düne aus konnten sie das Meer sehen. Die Wellen leckten wie Zungen den Strand. Langsam kam die Flut und nahm immer größere Bereiche des Strandes in ihren Besitz. Am Horizont kreuzte ein Segler. Lisa fand im Sand einen toten Krebs. Er hatte Scheren, wenig dicker als die Zeiger einer Armbanduhr.

»Ich möchte nicht, dass die Zeit vergeht; es ist so schön hier«, sagte sie und umfasste Karl mit beiden Armen und blies ihm ihren Atem in den Nacken.

Sie legten sich wieder in den Sand und sahen in den Himmel hinauf. Lisa setzte den toten Krebs auf Karls Brustkorb. Durch sein beständiges Atmen bekam der Krebs etwas grotesk Lebendiges. Eine leichte Brise wehte von der See her.

»Der Wind ist kalt. Lass uns weitergehen.«

Lisa war aufgestanden und Karl blickte von unten an ihrem Körper hinauf, der aussah wie ein steiler Berg, ihr Kinn ein Felsvorsprung und ihre Haare bewaldete Hänge. Lisa fröstelte: »Mir ist kalt.«

Sie rannten mit aufstiebendem Sand die Düne hinunter. In der Senke klopften sie die feinen Körner von ihren Kleidern. Auf der vom Meer abgewandten Seite gelangten sie in eine Ebene mit Heide, deren kräftige Farbe von den Strahlen der Sonne verstärkt wurde. Karl hielt an: »Findest du, dass ich alt bin?«

Lisa grinste: »Du bist doch nicht alt.«

»Ich bin Zweiunddreißig und mir fallen die Haare aus.«

Karl hob seine Stirnhaare an. An den Seiten traten Geheimratsecken hervor.

»Es ist nicht zu verhindern. Man kann es nicht aufhalten. Außerdem liebe ich dich, wie du bist. Man ist so alt, wie man sich fühlt.«

»Ohje.«

»Ich mag dich sehr, Karl.«

»Manchmal denke ich an meine Kindheit zurück. Ich finde, als Kind hat man die stärksten Empfindungen.«

»Bitte sag jetzt nichts mehr. Du redest dich gerade um Kopf und Kragen. Hinter der nächsten Anhöhe ist ein Gasthaus. Wir könnten dort etwas essen.«

Ein schmaler Pfad führte durch die Heide bis zum Ansatz einer Düne, wo der Weg in eine Holztreppe mündete, die an ihrem Ende in einen Bohlenweg überging. Auf der Treppe knickte Lisa mit dem Fuß um. Sie schrie kurz auf und Karl fasste nach ihrem taumelnden Körper und küsste sie.

»Was ist passiert?«

Lisa bückte sich und rieb ihren Fußknöchel.

»Wahrscheinlich eine Verstauchung. Es schmerzt aber es ist nicht schlimm.«

Das Gasthaus lag hinter der Düne vor einem See. Das Ufer des Sees war mit mannshohem Schilf bewachsen und die großen kolbenbesetzten Halme schwankten träge im Wind.

Später saßen sie an Fensterplätzen und Karl zündete sich eine Zigarette an.

»Du hast das mit der Kindheit vermutlich falsch verstanden. Als Kind verbrachte ich die großen Ferien bei meinem Onkel auf dem Land. Er arbeitete auf einem Gutshof als Schweizer. Es gab dort eine Straße, die vom Gut weg führte, mehr ein Feldweg ins Nirgendwo. Ich hatte immer eine bestimmte Vorstellung davon, wo dieser Weg endete. Eine spannende Traumvorstellung, die ich aber nicht benennen konnte. Eines Tages beschloss ich, den Weg entlang zu gehen. Am Wegesrand pflückte ich Kamille. Ich kam an den Rand eines Waldes, sah, wie der Weg in den Wald hineinführte, und stellte mir die Welt am anderen Ende des Waldes vor. Es wurde schon dunkel und ich ging zurück – mit dieser bestimmten, nicht zu beschreibenden Vorstellung. Einer Empfindung. Viele Jahre später, ich war längst kein Kind mehr, fuhr ich mit einem Freund an diesen Ort. Ich erzählte ihm, er solle den Weg fahren bis zu seinem Ende, weil diese vage Vorstellung mich immer noch faszinierte. Wir fuhren den Weg entlang. Er war in furchtbar schlechter Verfassung aber immer noch standen Kamillenblüten am Rand. Wir fuhren ganz langsam, weil mein Freund Angst um seine Stoßdämpfer hatte. Dann erreichten wir den Wald und fuhren hindurch. Irgendwann begann der Weg abschüssig zu werden, dann fuhren wir über eine Brücke, die niemals in meiner Vorstellung auftauchte, bis der Weg auf eine Straße traf. Die Straße war eine Schnellstraße und viele Autos rasten an uns vorbei. Wir standen vor einem Stoppschild.«

Karl drückte den Stummel seiner Zigarette mit Nachdruck in den Aschenbecher. Der Kellner brachte das Essen.

»Wann verlässt du deine Frau?«

Lisa nahm ihr Besteck in die Hände. Ihre Augen spiegelten plötzliche Angriffslust. Am Nebentisch fiel einem Kellner beim Abräumen das Geschirr aus der Hand. Mit einem heftigen Knall zerschellten Gläser und Teller auf dem Steinboden. Lisa erschrak und ließ ihr Besteck fallen.

»Du weißt, dass es momentan nicht möglich ist.«

»Ich weiß gar nichts. Im Grunde weiß ich gar nichts von dir.«

Lisa stieß energisch ihre Gabel in eine Kartoffel.

»Du bist ein Egoist.«

»Ich werde meine Familie nicht im Stich lassen. Ich liebe meine Frau, meine Kinder und ich liebe dich.«

»Also, so wie ich das sehe, bin ich die Nummer drei.«

Karl sah durch das Fenster auf die Schilfhalme. Er folgte den Bewegungen der dunklen Kolben mit den Augen. Ein Kellner sammelte das zerbrochene Geschirr auf dem Boden kniend ein. Ein zweiter Kollege stand apathisch mit Kehrschaufel und Besen neben ihm.

»Ich frage mich, was plötzlich in dich gefahren ist. Wir hatten doch eine wunderbare Zeit.«

»Du bist ganz schön naiv, mein Lieber. Pass auf, dein Essen wird kalt.«

»Ich kriege keinen Bissen mehr runter.«

»Spiel nicht den Sensiblen. Ich weiß, dass ich immer das fünfte Rad am Wagen sein werde. Das Reserverad, wenn du so willst.« Lisa lächelte bitter.

»Lass uns bitte gehen«, sagte Karl tonlos.

Lisa stand auf und ging zur Theke am anderen Ende des Raumes. Karl folgte ihr, blieb einen Moment zögernd hinter ihr stehen. Als er sah, wie Lisa die Rechnung beglich, ging er voraus, zum Ausgang.

»Wir könnten am Rande des Sees entlanggehen. Es ist eine Abkürzung.«

Lisa war mit dem Vorschlag einverstanden.

Karl spürte eine seltsame Lähmung in sich aufsteigen. Eine Lähmung, die seine Bewegungen verlangsamte, ihn fast zum Stehen brachte. Lisa ging voraus. Sie zog ihren Fuß etwas nach, weil ihre Verletzung noch immer schmerzte, dennoch beschleunigte sie ihren Schritt.

»Bitte, geh nicht so schnell. Wir müssen reden.«

»Wir können nicht reden.« Sie drehte sich nach ihm um und wartete, bis er sie eingeholt hatte.

Sie verbrachten den Abend gemeinsam und am frühen Morgen begleitete Lisa Karl zum Bahnhof. Er hielt ihre Hände durch das Fenster des Abteils und wartete auf den Pfiff des Zugführers.

Danach stand sie am Bahnsteig und winkte ihm nach. Während der Fahrt schlief er einige Male ein, ohne sich hinterher an seine Träume zu erinnern.

Er kam planmäßig an, nahm ein Taxi und klingelte an der Tür.

»Wie war die Tagung?«, fragte seine Frau.

»Wie üblich. Es war interessant aber nicht umwerfend. Schlafen die Kinder schon?«

»Zuerst wollten sie auf dich warten, aber dann sind sie vor Müdigkeit eingeschlafen.«

Karl schlich vorsichtig ins Kinderzimmer und schaute in die Bettchen. Er fuhr mit der Nase über die Bettdecken und atmete den süßen Kindergeruch ein.

»Du sollst morgen mit ihnen ein Zelt bauen. Ein richtiges Indianer-Tipi.«

»Gerne. Ich freu mich schon drauf.«

»Möchtest du noch etwas trinken?«

»Nein. Ich bin müde.«

An diesem Abend gingen sie früh ins Bett. Sie lagen nebeneinander und schauten durch das Fenster auf den Mond.

»Es ist Vollmond«, flüsterte Karls Frau, »erinnerst du dich an diese besonders helle Vollmondnacht? Damals?«

Karl nickte stumm. Sie drehte sich zu ihm um und er nahm sie in seine Arme.

»In meinem Kopf ist ein großes Durcheinander«, sagte sie.

Er seufzte und öffnete seine Augen. Das Zimmer, in dem sie lagen, war voller dunkler Schatten. Durch das Fenster schien der helle Ball des Mondes.

Freunde   1984

»Muss das denn sein?«, fragte Lena genervt.
Hermann klappte seine Augenlider nach unten. Seine Hände zitterten.
»Wenn es unbedingt sein muss. Aber gib
nicht das ganze Geld aus.«
Sie gab Hermann einen Schein. Es war kurz
nach neun Uhr, als Hermann den Flachmann
neben dem Eingang des Supermarktes in
sich hineinkippte. Er fühlte sich besser und
machte sich auf den Weg zum Bahnhof. Vor
einem Spielzeugladen, in dessen Schaufenster eine Modelleisenbahn aufgebaut war,
drückten ein paar Kinder ihre Nasen an der
Scheibe platt. Aus der Bahnhofshalle drängte
ein Menschenstrom.
Hermann ging schwankend die Stufen zu
den Bahnsteigen hinab. Er kam mit dem ein-
fahrenden Zug unten an. Wenig später
sprangen die Türen auf. Hermann trat ein
paar Schritte zurück, die Hände in den Manteltaschen vergraben. Er hielt den Kopf gesenkt, als hätte er Angst vor der Zukunft.
Der Tropfen aus seiner Nase prallte auf den
harten Steinboden.
»Mensch, Hermann!«

Hermann drehte sich um und sah in zwei blitzend weiße Zahnreihen und ein gebräuntes, hageres Gesicht. Es war unverkennbar Robert, kaum verändert. Eine Kindheit und eine Jugend lang waren sie Freunde gewesen. Die beiden Männer umarmten sich. Hermann bestand darauf, Roberts Koffer zu tragen und als sie am Fuß der Treppe angekommen waren, sahen sie direkt vor der Schwingtür Lena stehen. Sie hat es sich doch nicht nehmen lassen, dachte Hermann und verspürte das Bedürfnis, etwas zu trinken. Sofort.

Später wuchtete er Roberts Koffer in den Stadtbus.
»Es ist ein schönes Gefühl, wieder hier zu sein.«
Der Bus fuhr durch die Stadt.
»Ich fühle mich, als wäre die Zeit stehengeblieben.«
»Die Stadt hat sich verändert«, sagte Hermann.
Hinter der Windschutzscheibe tauchte eine Kirchturmspitze auf.
»Steht die alte Kirche noch?«
»Aber sicher. Der können sie nichts anhaben.«

Lena hatte ihr Gesicht abgewendet. Hermann sah, wie es aufgelöst im Fensterglas schwamm. Der Bus ließ die Stadt hinter sich, fuhr zwischen kahlen Baumreihen entlang.

»Hier sieht es anders aus.«

»Na ja, du warst seit zwanzig Jahren nicht mehr hier.«

Der Bus nahm die kleine Anhöhe und kam auf der Brücke zum Stehen. Von hier konnten die Freunde über das Wasser sehen.

»Auf der anderen Seite steht die alte Fabrik. Weißt du noch?«

Robert schüttelte irritiert den Kopf und Hermann wandte sich mit triumphierendem Gestus an Lena: »Robert hatte als Junge abstehende Ohren und wurde deswegen andauernd gehänselt. Kinder können grausam sein. Eines Tages besorgten ein paar Freunde und ich Klebstoff. Dann schleppten wir Robert unter einem Vorwand in die leere Fabrikhalle und klebten seine Segelohren an. Er wehrte sich dagegen aber er sah danach verdammt gut aus. Wirklich gut!«

Robert sah auf die alte Fabrik und lächelte bitter. Seine Hand strich über das weiße Hemd bis zur Gürtelschnalle seiner Hose.

»Da hinten in dem Wäldchen haben wir Baumhütten gebaut«, bemerkte er leise.

Dann hielt der Bus. Der Busfahrer stellte den Motor vor der Hubbrücke ab. Wenig später ging die Brücke hoch. Auf dem Kanal näherte sich ein Schiff. Hermann machte eine verächtliche Handbewegung: »Die Werftindustrie ist auch im Eimer. Hier geht alles den Bach runter.«

Lena hielt sich selbst umschlungen und blickte auf den Kanal.

»Jetzt fahren wir gleich durch die Gegend, in der uns damals die Bernhardbrüder überfielen. Georg ging mit einem alten Scheibenwischer auf dich los. Erinnerst du dich, Robert?«

Robert nickte.

»Du hast dich nicht gewehrt.«

Robert schluckte hörbar und Hermann pikste der gegenübersitzenden Lena in die Hüfte.

»Er hat sich nie gewehrt. Sie haben ihm das Hemd vom Leib gerissen und ihn in einen Bach geworfen und er hat es mit sich geschehen lassen.«

Hermann zuckte ungläubig mit den Achseln. Er hatte immer noch Durst.

Langsam kam das Schiff näher. Der Mast ragte über das Brückengeländer hinaus.

»Was für ein riesiges Schiff«, sagte Robert.

»Es gibt noch größere Kähne«, konterte Hermann, bevor er ein Kratzen im Hals spürte. Es kroch nach oben und explodierte aus seinem Mund. Hermanns Augen schienen plötzlich wässern und blutunterlaufen. Es sah aus, als schnappten die Poren seines Gesichts unentwegt nach Sauerstoff. Robert blickte besorgt zu Hermann hinüber. Das Schiff zog gemächlich vorbei.

Zu Hause angekommen, schlich Hermann in der Wohnstube an Robert heran.

»Jetzt wollen wir erst mal auf unser Wiedersehen trinken.«

»Ihr habt ein gemütliches Heim.«

Hermann streckte ihm seine offenen Handflächen entgegen: »Alles mit den Händen erarbeitet.«

Als sie in ihren Sesseln Platz genommen hatten, kippte Hermann den Whiskey in sich hinein. Er spürte ihn zunächst heiß die Kehle herunterlaufen und dann im Innern seines Körpers, wo er sich verströmte wie ein beruhigendes Gas. Er schenkte sofort nach.

Lena lehnte im Türrahmen zur Küche.

»Soll ich dir etwas zu essen machen?«

»Nein danke, ich habe noch keinen Hunger.«

Hermann klopfte sich auf seinen ansehnlichen Bauch: »Ich hoffe, du machst dir keine Gedanken über deine Figur. Also in dieser

Hinsicht habe ich keine Probleme. Es ist, wie es ist.«

Robert stand auf und ging zum Fenster. Er war schlank und sah gut aus. Auf dem Nachbargrundstück spielten ein paar Kinder in dicken Winterklamotten.

»Früher war hier Weideland.«

Hermann lehnte sich in seinem Sessel nach hinten und knöpfte seine Hose auf. Die Kinder von nebenan hatten einen Jungen in der Mangel. Einer von ihnen hielt eine Wäscheklammer in der Hand. Sie drückten den Jungen mit ihrem Gewicht auf den Rasen und einer steckte die Klammer auf die Nase des Jungen. Robert wandte sich ab. Lena balancierte mit einem Lächeln im Gesicht ein paar belegte Brotscheiben auf einem Teller in die Stube und stellte sie auf den Tisch zwischen die beiden Männer. Als sie auf dem Absatz kehrtmachte, rief Robert: »Setz dich zu uns.«

»Ich möchte euch bei eurem Exkurs durch die Vergangenheit nicht stören.«

Hermann griff nach der Whiskeyflasche: »Du hast keine Ahnung, wie es damals war. Wir hatten eine schöne Zeit.«

Robert stand wieder auf.

»Junge, du machst mich nervös. Habe niemals einen Menschen mit so wenig Sitzfleisch gesehen.«

»Ich muss mich ein bisschen bewegen. Die Bahnfahrt war verdammt lang.«

Lena sprang schnell auf.

»Dann lasst uns einen kleinen Spaziergang machen.«

Es dämmerte bereits, als sie den Park hinaufgingen. Oberhalb der Bahnstrecke, dort wo die Gleise in den Tunnel verliefen, blieben sie stehen. Robert berührte das steinerne Geländer.

»Ich kann euch gar nicht sagen, wie oft ich hier war, an dieser Stelle, um den Zügen nachzusehen. Vom Wald her kommend, bis sie dort hinten im Tunnel verschwanden und auf der anderen Seite in die Welt hinausfuhren. Weit weg.«

»Züge machen mich melancholisch. Sie bedeuten sowas wie verpasste Gelegenheiten«, bemerkte Hermann lakonisch und Lena sah einen Moment erschrocken aus.

»Wir wollten als Jungen immer hinausfahren. Egal mit welchem Fortbewegungsmittel. Die verfluchte Enge hinter uns lassen. Capito?«

»Es ist nirgendwo besser«, sagte Robert.

In der Ferne hörten sie einen Zug pfeifen, der von der anderen Seite in den Tunnel einfuhr. Sie lehnten sich alle über die Brüstung und plötzlich gab es von unten her einen Luftstoß, gefolgt von einem stählernen Rauschen – zeitgleich rissen sie ihre Münder auf und schrien lauthals. Schreie die im Strudel der gewaltigen Geräuschkulisse des vorbeirasenden Zuges untergingen.

Lena rang nach Luft: »Woow. Es ist großartig.«

Robert wandte sich ab, ging ein paar Schritte und sah den Hügel hinauf. Dort unter den Kastanien hatte er oft gelegen – im Sommer, allein, die gefalteten Hände unter dem Kopf, neben sich ein aufgeschlagenes Buch.

Hermann dachte daran zu trinken. Er war eine gefühlte Ewigkeit abstinent: »Mir ist kalt, wir sollten uns aufwärmen«.

Lena zog die Vorhänge zu. Inzwischen war es dunkel.

»Warum habt ihr eigentlich keine Kinder?«, fragte Robert, während Hermann nach der Flasche griff und gleichzeitig mit den Schultern zuckte. Lena konterte mit der Gegenfrage, ob er verheiratet sei.

»Ich lebe allein. Eine Heirat hat sich nie ergeben.«

»Wir können keine Kinder bekommen. Ich bin eine taube Nuss«, schleuderte Hermann in den Raum. Der Alkohol zeigte Wirkung.

Ein unerwartetes Lächeln huschte über Lenas Gesicht: »Lasst uns um Gotteswillen kein Trübsal blasen.«

Hermann hielt sein Glas in die Höhe. In der braunen Flüssigkeit schwamm etwas.

»Eine gottverdammte Motte schwimmt in meinem Whiskey.« Er sprang auf und verschwand in der Küche.

»Er freut sich wirklich, dass du hier bist«, sagte Lena.

»Ich weiß.«

»Er war heute Vormittag ganz aufgeregt und hat geredet wie lange nicht mehr. Sonst ist er eher verschlossen.«

»Kann ich gar nicht glauben.«

Hermann wankte ins Zimmer. Er hatte die Motte entsorgt und sein Glas geleert.

»Ich muss mich leider verabschieden. Ich habe die nötige Bettschwere. Gute Nacht, meine Lieben.«

»Aber…«

Hermann machte eine winkende Handbewegung und verschwand. Seine schweren Schritte waren auf der Treppe nach oben zu hören.

Später sah Robert zu Lena hinüber. Sie hatte ihr jugendliches Aussehen bewahrt, trug ihre Haare kurz und modisch geschnitten. Allerdings besaß sie einen harten Zug um die Mundwinkel herum, scharfe, senkrechte Falten.

»Du bist sehr hübsch, Lena.«

»Ach.«

»So hübsch wie damals.«

Lena hatte es sich in dem schweren Sessel bequem gemacht. Ab und zu nippte sie an dem Whiskeyglas. Es gab eine Zeit, da bekam sie einen Stich in die Brust, wenn sie an Robert dachte.

»Hast du ihm von uns erzählt?«

»Ich habe keinen Ton gesagt. Hermann lebt im Tal der Ahnungslosen.«

Lena lächelte bitter.

»Weißt du noch, wie du auf dem Geländer im Park balanciert bist? Ich hielt dich nur mit den Fingerspitzen.«

Lena nickte zustimmend.

»Als wir auf den Waldboden sanken und du die ganze Zeit auf einem Ast lagst, ohne ein Wort zu sagen.«

»Ich habe nichts vergessen.«

»Ob er schon schläft?«

»Sicherlich. Er hat genug getrunken.«

»Warum hast du ihn geheiratet?«

»Weil er da war.«

»Ich bin zurückgekommen.«

»Ha, wie naiv bist du eigentlich?«

Lena wollte aufstehen, aber Robert kam von seinem Sessel hoch und hielt sie zurück. Er berührte mit der Hand ihre Bluse.

»Bitte lass es. Ich schäme mich.«

Robert berührte ihre Schulter und drückte sie sanft in den Sessel hinein. Sie wehrte sich nicht mehr. Dann küssten sie einander.

Köpfe voller Wolken   1985

»Nein, so geht es nicht. Dreh dich bitte zur Kamera hin und leg es in deinen Blick.«
Eva räkelte sich auf dem Sofa und Peter hinter der Kamera hatte sie genau im Sucher.
»Was?«
»Das Licht ist zu grell. Ich möchte ein warmes Licht. Dein Körper wirkt zu weiß in diesem Licht. Er muss sich im Bild auflösen. Ich möchte eine Verschmelzung, keinen Kontrast. Robert, wir brauchen ein anderes Licht.«
Eva richtete sich auf und griff nach ihrer Zigarettenpackung. »Es ist kalt hier. Ich habe Gänsehaut.«
»Ich lasse sie dir pudern.«
»Dreh lieber die Heizung auf.«
Robert wechselte den Filter.
»Eva, geh bitte in Position. Du musst sinnlicher lächeln und öffne die Beine etwas.«
»Ich dachte, du wolltest Kunst machen. Wenn ich meine Beine spreize wird der Dalí im Hintergrund überflüssig.«
Peter sah durch die Linse. »Schließ deine Beine. Vergiss den sinnlichen Blick. Es ist vulgär. Setz dich bitte aufrecht hin. Robert, ich möchte ein kräftigeres Licht.«

Eva zog kräftig von ihrer Zigarette und stieß den Rauch hart aus. Vor ihrem Gesicht bildete sich ein Rauchschleier.

»Wunderbar. Robert, beeil dich mit dem Licht. Eva, das war toll aber bitte mach es nochmal. Ich brauche eine dicke Wolke.«

Peter ging in die Hocke. Durch die Linse sah er Evas Kopf, ihren Körper – nackt und aufrecht, genau unter dem zweigeteilten Dalí, in blau-hartem Licht. Eva nahm ein paar kräftige Züge und blies den Rauch heraus, bis ihr Gesicht hinter dem dichten Vorhang der Rauchwolke verschwand.

»Wunderbar, erstklassig. Genug für heute. Wir haben genug getan.«

Eva griff nach einer Decke.

»Ach ja, du kannst dich anziehen.«

»Ich möchte noch einen Augenblick sitzen.«

Robert erwähnte kurz, dass er eine Verabredung habe und verabschiedete sich. Peter machte einen Schritt in Evas Richtung.

»Möchtest du was trinken? Ich habe Whiskey da oder Portwein.«

Noch bevor sie antworten konnte, goss Peter ihr den Wein ins Glas und setzte sich neben sie auf das Sofa.

»Ich frage mich die ganze Zeit, was der Künstler uns mit diesen Bildern sagen wollte.«

»Du meinst die Dalí-Reproduktionen?«

»Genau, die meine ich.«

Eva zeigte mit dem Finger nach oben: »Paar, die Köpfe voller Wolken. Ich verstehe das nicht.«

»Nun, Kunst ist nicht dazu da, Fragen zu beantworten. In diesem Fall ist es eben Surrealismus.«

»Was bedeutet das?«

»Das ist eine Kunstrichtung, die versucht hat, Träume abzubilden.«

Eva nippte an ihrem Weinglas.

»Du bist hübsch«, sagte Peter.

»Möchtest du mit mir schlafen?«

»Also, hör mal! Wie kommst du jetzt darauf?«

»Weil du so um den heißen Brei herumredest.«

»Darf ich nicht sagen, dass ich dich hübsch finde?«

»Weil du mich nackt gesehen hast?«

»Na und? Immerhin bin ich dein Fotograf.«

»Ich glaube, du willst mich benutzen. Einfach so. Auf die Schnelle.«

»Eva, du solltest jetzt besser gehen.«

Eva erhob sich und ließ die Decke fallen. Sie stand nackt vor Peter und ließ ihren Blick über die beiden Bilder schweifen.

»Die Frau neigt ihren Kopf in Richtung des Mannes und der steht aufrecht und ohne Regung da. Das ist schon sehr aussagekräftig. Immer sind es die Frauen, die ihre Zuneigung zeigen, und ihr Männer lasst es einfach nur geschehen. Du kannst mich haben, Peter. Bedien dich.«

»Entschuldige Eva, du scheinst irgendwas falsch zu verstehen.«

»Warum?«

»Auf diese Weise habe ich nichts davon. Ich bin nicht kaltschnäuzig. Mir fehlt das Gefühl.«

»Pah, dass ich nicht lache. Soll ich die Beine etwas für dich öffnen? Komm, ich mache was du willst.«

»Bitte, zieh dich jetzt an.«

Eva griff nach ihrer Decke.

»Ich möchte gerne duschen.«

»Du weißt, wo das Badezimmer ist.«

Peter stand auf und ging zu der Kamera, die auf einem Stativ geschraubt war. Er blickte durch den Sucher direkt auf die beiden Dalís. Die Wolken in den Köpfen sahen aus wie Kontinente.

Später stand Eva hinter ihm. Sie trug einen weißen Bademantel. Ihre kurzen Haare tropften. Sie schüttelte ihren Kopf und überall sprangen Wassertropfen von ihrem Haar ab.

»Kann ich deinen Fön benutzen?«

»Bedien dich.«

Peter fuhr mit der Hand unter ihren Bademantel, über die Wölbung ihres Bauches bis zu dem dunklen Dreieck zwischen ihren Beinen.

»Du hast deine Chance gehabt. Lass mich bitte. Ich möchte nicht.«

Eva stieß ihn von sich.

»Verdammt«, zischte Peter, »vor einer Viertelstunde hast du mich aufgefordert, mich zu bedienen.«

»Und du hast mich abblitzen lassen. Du gehörst zu den Kerlen, die nichts begreifen.«

»Also gut. Bitte verschwinde jetzt und denke morgen an den Termin.«

2

Evas Mann stand vor dem Spiegel im Badezimmer. »Meine Geheimratsecken vergrößern sich zusehends und diese Längsfalten an der Stirn… Nein. Ich werde alt.«

Eva sah aus dem Fenster. »Sei nicht so verdammt eitel.«

Auf dem Bett lag ein aufgeklappter, leerer Koffer mit allerlei Kleidungsstücken drum herum.

»Weißt du, dass dieser Fotograf ganz scharf auf mich ist?«

Ihr Mann erschien in der Badezimmertür. Er war frisch geduscht und ein herber Parfümduft wehte mit ihm herein.

»Er findet mich attraktiv.«

»Also, grundsätzlich habe ich nichts dagegen, wenn du ein bisschen Kohle dazuverdienst. Aber lass dich nicht verführen.«

Er strich mit einem Kamm durch sein nasses Haar, versuchte die Geheimratsecken zu überdecken.

»Ich hasse Seminare.«

»Warum gehst du dann hin, meldest dich immer wieder freiwillig?«

»Liebling, ich muss daran teilnehmen. Es ist Pflichtprogramm.«

»Wir haben so wenig voneinander. Immer bist du weg.«

»Ich muss eben Geld verdienen.« Er stieg in die Hose.

»In vier Tagen bin ich wieder hier.«

Er steckte die Manschettenknöpfe in die Hemdöffnung und befestigte sie. Er sah gut aus in seinem grauen Anzug.

Irgendwie fremd und geheimnisvoll, dachte Eva.

»Ich muss mich beeilen.«

Er strich mit der flachen Hand über den Anzug. Inzwischen hatte Eva seine Klamotten in den Koffer gepackt. Er warf kurz einen kontrollierenden Blick darauf und klappte den Koffer zu. Er gab Eva einen flüchtigen Kuss.

»Die Zeit vergeht so schnell. Ich bin bald wieder zurück.«

Dann fuhr er den Wagen aus der Garage. Eva trat an die Straße und winkte ihm nach, während er langsam aus ihrem Blickfeld verschwand.

3

Peter stand im Türrahmen und zündete sich eine Zigarette an. Er inhalierte tief und betrachtete dabei Helgas Hintern, der wie eine geheimnisvolle pralle Frucht vom Mondlicht gestreichelt wurde, während sie auf dem Bauch lag und schlief. Peter griff nach der Steppdecke und zog sie über ihre Blöße.

»Komm ins Bett«, flüsterte sie.

»Ich dachte, du schläfst.«

»Du hast mich wachgemacht.«

Peter ging zum Nachttisch und drückte seinen Zigarettenstummel im Aschenbecher aus. Im Zimmer stank es nach kaltem Rauch. Er fuhr mit der Hand unter die Decke und legte Helga die Hand aufs Gesäß. Dann fuhr er mit dem Finger an ihrer Poritze entlang und ließ ihn weiter in der Spalte zwischen ihren Beinen verschwinden. Helga hatte die Augen geschlossen. Ihr Mund war leicht geöffnet und entließ einen kaum hörbaren Laut. Peter legte sich von hinten auf sie und drang in sie ein. Der Mond beschien nun das Tapetenmuster an der Wand. Irgendwelche verblassten Ornamente, die nichts bedeuteten, nichts aussagten, einfach nur da waren. Peter sah auf Helgas Gesicht, das halb von ihm abgewandt lag. Er stieß kräftiger zu. Sie war noch nicht soweit, streckte ihm, wie in Trance, ihr Gesäß entgegen. Er spürte den zunehmenden Gegendruck. Ihr Atem ging stoßweise in ein herbes Keuchen über. Er entleerte sich in ihr. Sie kam kurz nach ihm.

Peter knipste die Nachtischlampe an und nahm sich eine Zigarette aus der Packung, die neben dem Aschenbecher lag. Helga drehte sich herum und kuschelte sich an ihn. Er schloss die Augen und schmeckte einen herben Tabakkrümel auf seiner Zunge. Er lehnte sich zurück. Auf der Straße schrien Katzen. Sie schrien wie Kinder.

Später drückte er die Zigarettenreste in den Aschenbecher und löschte das Licht.

4

Eva griff nach dem Telefonhörer. »Hallo, wer spricht denn da? So melden Sie sich doch!«
Robert genoss es, Evas Stimme am anderen Ende der Leitung zu hören. Er versuchte, mit seiner Stimme den Einsatz zu schaffen, aber mehr als ein Räuspern, ein verlegenes Hüsteln, kam dabei nicht heraus.
»Hallo!?«
Am anderen Ende der Leitung wurde aufgelegt. Robert setzte sich. Immer wieder hatte er sich geschworen, sie nicht mehr anzurufen, sie nicht mehr mit seinen Anrufen zu belästigen. Aber er konnte es nicht lassen. Es war ein Zwang. Evas Stimme faszinierte ihn – ihre dunkle, kehlige Aussprache, wenn sie den Hörer abnahm und ein erwartungsvolles *Hallo* hineinhauchte.
Robert trank einen Schluck Wein und ging zum Fenster. Der Nebel hatte sich gesenkt und sich wie ein durchsichtiges Tuch über die Gebäude verteilt. Er überlegte, sie nach den Aufnahmen zum Essen einzuladen.

Aber sie war verheiratet und er nur der Beleuchter, der Mann, der ihr Gesicht und ihren Körper in einem anderen Licht erscheinen ließ. Immerhin. Am Ende wäre sie wahrscheinlich nur eine weitere Enttäuschung. *Lass uns gute Freunde sein. Ich möchte keine falschen Hoffnungen in dir wecken.* Oft gehört. Immer bereut.

Wahrscheinlich hatte sich Peter bereits an sie herangemacht. Dem Fotografen erlagen die Frauen fast immer. Die meisten hatten die Köpfe voller Illusionen.

5

In der Dunkelkammer hängte Peter die fertigen Aufnahmen auf die Wäscheleine. Die Fotos waren gelungen. Robert stand hinter ihm, die Arme über der Brust gekreuzt:

»Eine sehr kalte Aufnahme. Man sieht so gar nichts von ihrem hübschen Gesicht.«

»Genauso wollte ich es haben. Schau dir den Hintergrund an. Die *Dalis* kommen gut zur Geltung.«

»Mmmh«.

»So ist es in der Kunst. Manchmal erschließen sich die Zusammenhänge nicht einmal dem Künstler. In diesem Fall ist es allerdings anders.«

»So?«

»Es ist rätselhaft. Kennst du die Matrjoschkas?«

»Das sind doch die hölzernen, bunt bemalten, ineinander verschachtelten russischen Puppen.«

»Genau, du siehst eine Puppe und in ihr stecken viele weitere, manchmal unterschiedliche Variationen. Genauso ist es mit dem Dalí.«

»Ach ja?«

»Nun ja, erst mal hatte Dalí ein Vorbild für sein Doppelporträt. Das war das *Angelusläuten* von Jean-Francois Millet, fast hundert Jahre früher entstanden als die *Köpfe voller Wolken*. Es ist insbesondere die Haltung der Oberkörper und der Köpfe, die Dalí inspirierte. Das Bild von Millet zeigt einen Mann und eine Frau, die um einen Korb mit Kartoffeln herumstehen, um das Angelusgebet zu beten. Das Bild ist in düsteren Brauntönen gehalten. Im Hintergrund scheint ein helleres Stück Himmel auf, dessen Gegenlicht die beiden Figuren wie dunkle Scherenschnitte erscheinen lässt. Vom helleren Licht gestreift, sieht man den Kirchturm von Chailly-en-Bière.

Dalí, der das Bild zum ersten Mal in seiner Schule sah, war fasziniert und geängstigt. Er meinte, das Gemälde stelle ein Begräbnis dar, bei dem das Paar um sein totes Kind trauere. Das ist durch Dalís Vita zu erklären. Er selbst war der Nachgeborene seines toten Bruders, der auch noch seinen Vornamen trug. Ein frühes Trauma, das ihn Zeit seines Lebens beschäftigte.

Nun, jedenfalls das *Angelusläuten* hatte eine wechselvolle Geschichte. 1932 wurde es im Louvre von einem Besucher mit einem Messer beschädigt. Und Dalí ließ später auf eigene Kosten ein Röntgenbild des Gemäldes erstellen, das tatsächlich einen kleinen Sarg enthüllte, der später durch den Kartoffelkorb übermalt wurde.«

»Meine Güte. Ich verstehe.«

Robert wandte sich ab.

»Brauchst du mich heute noch?«

»Ich wollte erst morgen wieder mit Eva arbeiten. Ein anderes Motiv herausarbeiten. Also, wenn du möchtest, kannst du nach Hause gehen.«

6

Am Abend stand Eva plötzlich hinter dem Mauervorsprung hinterm Haus vor ihm. Sie trug einen Trenchcoat mit hoch geschlagenem Kragen. Ihre Haare waren streng nach hinten gekämmt. Sie sah Peter mit müden Augen an:

»Nimmst du mich mit hinauf?«

Peter spielte mit seinem Schlüsselbund.

»Ich wollte gerade nach Hause gehen.«

Jetzt sah er, dass Eva geweint hatte.

»Also gut. Komm mit hoch.«

Im Atelier stellte er den Heizlüfter an.

»Es ist wirklich saukalt hier«, bemerkte Eva und behielt ihre Hände in der Manteltasche.

Peter begann, die beiden *Dalís* abzuhängen. Er wollte, wenn er schon hier bleiben musste, die Dekoration für den morgigen Tag aufstellen.

»Mein Mann betrügt mich. Erzählt mir immer von irgendwelchen Seminaren und bleibt tagelang weg.«

»Ist das eine Vermutung oder weißt du mehr?«

»Ich weiß gar nichts. Ich fühle es.«

»Ich verstehe.«

Peter legte ein Tuch über die beiden Reproduktionen und wandte sich an Eva.

»Willst du Ficken?«

Eva fuhr erschrocken herum:

»Ich wollte mit dir zusammen sein. Ich wollte mich aussprechen. Aber ich glaube, es ist besser, wenn ich gleich wieder gehe.«

»Also gut. Wir könnten deine Stimmung für ein paar Aufnahmen nutzen.«

»Das ist widerwärtig.«
»Nein. Das ist Kunst.«
»Hast du die letzten Aufnahmen überhaupt schon entwickelt?«
»Ja. Sind gut geworden. Ich zeige sie dir, wenn du die Aufnahmen mit mir machst.«
»Das ist Erpressung.«
»Nenn es, wie du willst. Setz dich auf den Stuhl und zieh den Trenchcoat aus.«
Eva streifte den Mantel ab.
»Alles, ich will dich nackt.«
»Ich möchte aber nicht.«
»Dann verschwinde und stehl mir nicht meine kostbare Zeit.«
Eva nahm ihren Trenchcoat und bewegte sich zur Tür. Sie drückte die Klinke und wandte sich mit verheultem Gesicht noch einmal um. Die Szene wirkte auf Peter wie ein Standbild aus einem Film.
»Also gut«, sagte sie.
Peter blickte durch den Sucher seiner Kamera. Er stellte sich grobkörnige Schwarzweißaufnahmen vor. Ein karges Interieur.
»Was soll ich jetzt tun?«, fragte Eva.
»Ich möchte, dass du nackt vor dem Stuhl kniest.«

»Du bist verrückt.«

»Tu es. Greif die Stuhllehne mit beiden Händen.«

Peter stand auf und holte sich etwas zu trinken. Er hielt das Glas in der Hand und sah Eva vor dem Stuhl knien.

»Ich bin allein«, sagte er.

Peter nahm einen Schluck und griff nach seiner Kamera. Das Atelier war jetzt behaglich warm.

»Was meintest du eben?«

»Sag, ich bin allein.«

Eva umfasste die Stuhlbeine.

»Ich bin allein«.

Eine spanische Nacht   1985

Das Meer hatte an diesem Abend einen violetten Glanz.

»Wenn sie nun nicht kommt?«

Konrad trat von einem Fuß auf den anderen.

»Würde mich nicht wundern.« Paul lehnte am alten Gemäuer der Kirche, die Hände in den Taschen seiner Jeans vergraben.

»Wie kannst du so etwas sagen?«

»Du bist ziemlich leichtgläubig, mein Junge.«

»Ich habe mich verliebt.«

Paul schabte mit der Schulter an der Mauer, als müsse er einen Juckreiz bekämpfen und fing an, einen dieser verfluchten Ohrwürmer zu trällern, die sich unauslöschlich in den Gehörgängen festsetzen.

»Konrad, du hättest dich einfach besser benehmen sollen.«

»War es so schlimm?«

»Na ja, wie mans nimmt.«

Unterhalb der Kirche klatschte das Meer gegen die Felsen. Konrad ging bis zur Holzabsperrung und blickte in die Gischt hinein. Als er sich umdrehte, sah er sie die Treppen heraufkommen – zuerst den Ansatz ihrer Haare, dann die kühle Stirn, zuletzt die blitzenden hellen Augen.

»Hallo, da bin ich.«

»Wir dachten schon…«, stammelte Konrad.

»Dass ich nicht mehr komme. Wegen gestern Abend!?«

»Nun ja, ich war ganz schön betrunken.«

»Es war ganz schön beeindruckend, wie Sie das Regal mit den Flaschen abgeräumt haben.«

Ihre Augen blieben einen Moment an Konrads ausgemergeltem Gesicht haften, wanderten an seinem dünnen Körper herab, blieben an seinen fleckigen Tennisschuhen haften.

»Das kann man wohl sagen. Gab noch ganz schön Ärger gestern Abend. Vor allem äußerst kostspielig, nicht wahr, mein Lieber?«

Paul hatte sich unauffällig genähert, die Hände aus den Taschen genommen und Konrad zur Seite gedrängt.

»Wir haben Sie schon vermisst. Hatten Sie einen schönen Tag?«

Er stand direkt vor ihr und Carmen konnte nicht anders, als auf sein eng geschnittenes Polohemd zu schauen, das über seiner breiten Brust geöffnet war und schwarze, gekräuselte Haare entließ.

»Ich mache mir nichts aus Sonne. Ich ziehe die kühlen Nächte den heißen Tagen vor.«

Paul fuhr sich mit beiden Händen durch sein schwarz glänzendes Haar.

»Na denn. Wo gehen wir heute hin? Sie kennen sich doch hier sicherlich bestens aus.«

»Es gibt ein gutes Lokal, nicht weit von hier, da kann man traditionell essen.«

»Prima, dann sollten wir loslegen.«

Paul schlang unversehens seinen behaarten Arm um Carmens Hüften. Sie kicherte kurz verlegen auf und griff zögernd nach Konrads Hand: »Sie müssen mir versprechen, heute vorsichtiger zu sein.«

Sie griff nach Konrads schmalen Fingern.

»Ich habe nicht vor, mich wieder zu blamieren.«

Zwei Stunden später: In der Bodega tanzte eine junge Frau Flamenco auf dem Tisch. Ihre hochhackigen Schuhe bearbeiteten die Tischplatte wie einen Gegner, den es zu bezwingen galt. Eine Gruppe junger Männer klatschte mit den Händen den Rhythmus dazu.

Carmen zog einen Spiegel aus der Tasche. Sie überprüfte ihr Make-up. Paul hatte ihr seine Hand auf die Schulter gelegt und flüsterte irgendwas in ihr Ohr. Konrad wurde übel. Er nickte den Beiden kurz zu und stürmte dann zur Toilette, um sich zu übergeben. Danach wusch er sorgfältig seine Hände und sein Gesicht. Dann spülte er seinen Mund aus und dachte daran, wie Carmen vor nicht allzu langer Zeit nach seiner Hand griff und er zuerst zögerte und dann zugriff und wie es sich anfühlte, ihre schmale Hand zu umschließen und festzuhalten.

Als er zurückkam, standen Carmen und Paul an der Bar. Plötzlich zeigte sie auf die Tanzfläche, auf der sich ein Mann bewegte, der von einer Gruppe musizierender Leute umringt wurde. Er hatte augenscheinlich die Frau auf dem Tisch abgelöst. Ein breitkrempiger Hut tanzte auf seinem Kopf.
»Ich möchte diesen Sombrero haben«, flüsterte Carmen.
»Ich besorge Ihnen den Hut«, sagte Konrad.
Er drängte die klatschenden Leute zur Seite, bis er dem Mann auf der Tanzfläche gegenüber stand. Der Mann stampfte zur Gitarrenmusik mit seinen Füssen am Boden auf und machte dabei kleine tänzerische Schritte, die Konrad sofort nachahmte. Er hob seine Arme und klatschte in die Hände. Die Menge johlte. Der Mann schaute mit verschleiertem Blick unter seinem Hut hervor. Dann wirbelte er herum und fuchtelte mit den Armen. Er hatte kleine hektische Flecken im

Gesicht. Konrad hatte den Rhythmus und näherte sich unauffällig. Die beiden Männer standen sich nun dicht gegenüber. Die Saiten einer Gitarre wurden stakkatomäßig geschlagen. Der Mann stampfte noch dreimal auf und stand dann still. Die umstehende Menge gab Applaus. Konrad hob schnell seine Arme in die Waagrechte und griff mit seinen Händen nach dem Hut.

»Für meine Angebetete«, raunte er und nahm dem verdutzten Mann den Hut vom Kopf. Dann drehte er sich langsam um und ging ungehindert durch die irritierte Menge zur Theke zurück. Tanzmusik setzte ein.

Carmen strahlte übers ganze Gesicht.

»Mein mutiger Held.«

Sie nahm den Hut aus Konrads zitternden Händen an sich und setzte ihn auf ihren Kopf. Dann hauchte sie Konrad einen Kuss auf die Lippen. Paul stützte sich lässig mit seinem Unterarm an der Theke ab.

»Freunde, wir sollten noch einen Drink nehmen.«

Es war eine laue Nacht. In den engen Gassen flatterten Wäschestücke, wie Schattenwesen. Sanfte Brisen verteilten überall den sinnlichen Geruch des Meeres. Carmens Gesicht wurde von ihrem langen Haar umweht. Sanft torkelnd legte sie ihren Kopf auf Pauls Schultern.

Den Sombrero hatten sie unter Beifall dem betrunkenen Mann am Ausgang der Bodega zurückgegeben.

Konrad ging fröstelnd, die Hände in den Hosentaschen, hinter dem Paar her.

»Ich möchte zum Meer«, sagte Carmen und Paul hielt sie fester und schlang seine Arme um sie. Die Straßen waren noch bevölkert. Ein paar Kinder spielten Ball und kickten ihn vor Konrads Füße. Geistesabwesend spielte er ihn zurück. Die Kinder lachten und verschwanden in einem Torbogen.

Hinter einer Palmenallee und dem matt glänzenden Strand kräuselten sich die schmalen Schaumkronen der Wellen. Das Trio ging über den Sand bis zur Wasserlinie. Es war eine sternklare Nacht. Konrad sah zu den kleinen, leuchtenden Punkten hinauf und empfand nichts. Neben ihm kippten Carmen und Paul in den Sand und küssten sich.

Die Erinnerung an Greta   1984/ 2016

Manchmal sah er sie vor sich. Mit ihrer Pa-
genfrisur und ihren Mandelaugen wirkte sie
wie ein weiblicher Prinz Eisenherz. Es war
1959, sie waren beide sechs Jahre alt und
standen auf der Brücke, unter der ein kleiner
Bach floss. Der Bach entsprang einem Wäldchen am Hang eines Weinbergs. Greta umklammerte den Lenker ihres Puppenwagens
und er beugte sich über das Geländer und
spuckte ins Wasser.
Sie waren auf einem Mutter-und-Kind-
Spaziergang und er war der Vater, der ab
und zu in den Kinderwagen schauen durfte – auf das haarlose, hässliche Puppenkind.

Sie trafen sich regelmäßig, meistens in den
frühen Nachmittagsstunden. Wenn er glaubte, dass die Zeit gekommen war, nahm er
den Hocker und stellte ihn ans Fenster, stieg
darauf und schaute auf die tief unter ihm
liegende Straße wie in eine geheimnisvolle
Schlucht, bis er Greta mit ihrem Puppenwa-
gen sehen konnte. Dann verkroch er sich unter der Fensterbank, bis sie seinen Namen
rief. Langsam kam er hoch, zeigte sich im
Fenster und stieß ein gelangweiltes *Hallo* aus.

An Tagen, an denen sie aus irgendwelchen Gründen nicht auftauchte, ging er auf die Straße, schaute sich nach allen Seiten um wie jemand, dem keine Bewegung entgehen durfte, und machte sich auf den Weg zu ihr. Ihre Eltern besaßen eine Metzgerei in einem Eckhaus des kleinen Ortes, am Hang unter den Weinbergen. Er stellte sich hinter einen Mauervorsprung und beobachtete das Geschehen in dem erleuchteten Verkaufsraum. Die Menschen vor und hinter der Theke, die sachte pendelnden langen Rauchwürste vor den grauen Wandfliesen. Die Familie bewohnte das Stockwerk über dem Laden aber die Fensterfront war meistens mit Flügelläden verschlossen. Kauerte Greta dahinter hilflos im Dunkeln? Musste sie einen Arrest absitzen, oder lag sie sterbenskrank im Bett? Er trat nervös von einem Fuß auf den anderen, getraute sich aber nicht, den Laden zu betreten und nach Greta zu fragen, obwohl ihre Eltern sicherlich wussten, wo sie zu finden war. Nach einiger Zeit untätigen Wartens trottete er mit gesenktem Kopf nach Hause zurück.

Im Jahr 1960 geschah es. Er konnte sich später nicht mehr an die Jahreszeit erinnern. Vielleicht Frühjahr. Greta und er standen an der Straße, die durch den kleinen Ort führte, als die Siebenjährige plötzlich auf die Straße trat und von einem Auto erfasst wurde. Er streckte geistesgegenwärtig seine Arme nach ihr aus aber es war zu spät. Ihr Körper flog wie ein Geschoss – direkt in den Himmel. Wie gelähmt stand er zunächst da, dann rannte er los, weg vom Unfallgeschehen, vorbei an den gepflegten Vorgärten, den gestrichenen Zäunen, den blühenden Obstbäumen.

Ja, es war Frühjahr. Spätes Frühjahr. Es war warm. Er schwitzte. Er kam abgehetzt zu Hause an und versteckte sich wie ein waidwundes Tier in dem alten Bretterverschlag im Hof, wo über Winter das Brennholz lagerte. Er krabbelte über den Boden. Kleine Holzspäne scheuerten auf seinen nackten Knien. Von innen schloss er die Tür und weinte.

Am nächsten Tag kam die Polizei ins Haus. Anwohner hatten ausgesagt, er hätte das kleine Mädchen vor das Auto gestoßen. Inzwischen sah er das Geschehen immer wieder vor sich. In Zeitlupe. Greta lächelte ihm zu, bevor sie weggeschleudert wurde. In ihrem farbenfrohen Kleid sah sie aus wie eine geöffnete Blume.

Er hatte nichts Böses getan. Er hatte das Unglück verhindern wollen, aber den Erwachsenen fiel es schwer, ihm zu glauben. Seine Mutter war am Boden zerstört. Wie könne er ihr so etwas antun. In den Augen seines Vaters flackerte der blanke Zorn. Der Polizist erstellte sachlich ein Protokoll.

Ein paar Tage später sagte der Fahrer des Unfallwagens aus. Der Junge habe mit dem Unfall nichts zu tun. Das Mädchen sei einfach losgerannt und er habe nicht mehr rechtszeitig bremsen können.

Der Zorn des Vaters war erloschen, genauso schnell wie man eine Lampe ausschaltet. Die Mutter nahm ihn in die Arme.

Im Jahr 1961 verließ die kleine Familie die Ortschaft. Die Eltern hatten in der nahegelegenen Stadt ein Haus gekauft. Am Umzugstag stand der Junge vor dem großen Spiegel im ausgeräumten Schlafzimmer und sah sich beim Weinen zu. Er wusste nicht, warum er weinte, denn der Grund für seine Trauer war schon vor einiger Zeit aus seinem Leben verschwunden.

Im Jahr 1968, inzwischen zum Teenager gereift, traf der junge Mann auf dem Weg zum Konfirmandenunterricht auf eine verwahrloste Frau, die vor einem Hauseingang lag und leise vor sich hin stöhnte. Er näherte sich vorsichtig, zupfte an der Kleidung der Frau und fragte, ob er ihr helfen könne. Auf der anderen Straßenseite wurde ein Fenster geöffnet und kurz danach vernahm er die Stimme einer Frau, die ihn mit barschem Ton aufforderte, die Frau in Ruhe zu lassen, sonst müsse sie die Polizei verständigen. Das sei eine gute Idee, meinte der junge Mann, denn der Frau gehe es offensichtlich schlecht; sie brauche Hilfe, wahrscheinlich sogar einen Arzt. Die sei nur betrunken, mutmaßte die Stimme aus dem Fenster, und er möge nun schnell verschwinden.

Er drehte die stöhnende Frau zu sich um und zog sie unter größter Kraftanstrengung in eine kauernde Haltung. Eine Spur vertrocknenden Blutes zog sich von ihrer Stirn über den Nasenrücken bis zu ihren aufgeplatzten, spröden Lippen.

Er drückte ihr ein Taschentuch zwischen ihre zitternden Hände, als die Polizisten hinter ihm auftauchten.

Was hier los sei, und was er mit der Frau angestellt habe?

Er habe nichts getan, er wolle nur helfen, sagte der junge Mann und berichtete den Polizisten den Vorfall, die anschließend über Funk einen Krankenwagen verständigten.

Der junge Mann kam zu spät zum Konfirmationsunterricht. Der Pastor erwartete eine Entschuldigung. Es fiel ihm schwer, die Geschichte des jungen Mannes zu glauben. Er gab ihm die Aufgabe, bis zum nächsten Unterrichtstermin 250 mal *Du sollst nicht lügen* in Schönschrift zu schreiben.

Am Tag darauf machte der junge Mann sich auf den Weg zu der kleinen Ortschaft. Erst stieg er auf die Hügel seines Stadtteils – bis er die Weinberge erreichte. Dann wanderte er an deren Saum bis zur Ortschaft seiner Kindheit. Er war aufgewühlt. Er stieg die Weinberge hinab und stellte sich auf die Straßenseite gegenüber der Fleischerei. Wieder beobachtete er den Verkaufsraum und sah zu den geschlossenen Fensterläden hinauf. Diesmal wusste er, dass sich dahinter nichts verbarg, was er suchte. Es gab keine Hoffnung, obwohl ansonsten die Zeit an diesem Ort stehengeblieben zu sein schien. Greta war verschwunden. Ihr verschmitztes Lächeln, ihre schmalen Mandelaugen – erloschen, wie ein ausgetretenes Lagerfeuer.
Der junge Mann gab die Strafarbeit nicht ab und musste daraufhin 500 mal den Satz *Du sollst nicht lügen* schreiben.

Als er die Aufgabe wiederum ignorierte, wurden seine Eltern in das Pfarrhaus zitiert. Der junge Mann bestand darauf, dass er nicht gelogen hatte, vielmehr habe er die volle Wahrheit gesagt und verlangte eine Gegenüberstellung mit den Polizisten, die nach einigen zeitraubenden Telefonaten die Aussage des jungen Mannes bestätigten.

Im Jahre 1973 verließ der junge Mann sein Elternhaus, um seinen Dienst bei der Armee anzutreten. Immer noch, eher schemenhaft, tauchte Gretas kindliches Gesicht vor ihm auf. Es war ein Gesicht, das nie alterte.
Bereits am zweiten Tag seiner Dienstzeit wurde er der Lüge bezichtigt. Im Laufe einer tätlichen Auseinandersetzung am Rande des Kasernenhofes wurde er gegenüber seinen Vorgesetzen handgreiflich. Er landete in einer Arrestzelle, legte sich auf die harte Holzpritsche und sah durch das vergitterte Fenster in den wolkenverhangenen Himmel hinein.

Im Jahre 1978 war der junge Mann endgültig erwachsen und frisch verheiratet. Ein Kind war unterwegs. In den folgenden Jahren wuchs es zu einem fröhlichen Mädchen heran. Der Mann litt nunmehr ständig unter dem Zwang, es beschützen zu müssen. Er lebte wie unter einer Kapsel übertriebener Fürsorglichkeit. Er glaubte immer, ein Unglück verhindern zu müssen.

Seine Tochter war ein friedliches Kind. Auf seinen Spaziergängen, als sie noch ein Baby war, schlief sie meist tief und fest. Manchmal erschien sie ihm ungewöhnlich blass und er beugte sich dann ganz weit in den Kinderwagen hinein. Um ihren Atem zu hören.

Eines Tages trat das Mädchen am Strand, direkt hinter der Wellenlinie in eine Glasscherbe.

Er hatte einen Moment nicht aufgepasst, das glitzernde Grün der gezagten Scherbe übersehen.

Wie betäubt lief er mit dem schreienden Kind über den Sand, über die Straße zur Sanitätsstation. Der Schnitt musste genäht werden und sie fuhren mit dem Krankenwagen ins nächste Krankenhaus. Im Krankenwagen hielt er die ganze Zeit die Hand seiner Tochter.

Straßenränder beobachtete er immer noch mit Argwohn. Wie ein vorsichtiger Vogel stand er dort und reckte den Hals, bevor er seiner Tochter die Erlaubnis erteilte, die Straße zu überqueren.

Früher als er erwartet hatte, verließ seine Tochter das Elternhaus. Sie ertrage es nicht mehr, die Gängelung und die Bevormundung. Das Wohlbehütetsein.

Was sie jetzt brauche, war Abstand, um atmen zu können.

Er habe es doch nur gut gemeint, er habe sie niemals belogen, schrieb er ihr zum Abschied und steckte den Brief in die Reissverschlußtasche ihres Rucksackes.

In seinem Erwachsenenleben hatte er einen immer wiederkehrenden Traum. Er sah ein Haus, in dem er niemals gewohnt hatte, das ihm aber seltsam vertraut erschien, als habe er dort wichtige, prägende Jahre verbracht. Immer wenn er erwachte, fiel es ihm schwer, Traum und Realität auseinanderzuhalten, denn er hatte Räume betreten, deren Mobiliar ihn zum Weinen gebrachte hatte. Er hatte Besucher durch diese Behausung geführt und dabei in rührseligen Erinnerungen geschwelgt. In einem seiner letzten Träume tauchte das Haus wieder auf. Diesmal sprach er vor seinen Gästen von zwei geheimen Zimmern, deren Zugang er nach längerem Suchen allerdings nicht finden konnte. Er verließ das Haus, betrachtete es lange von außen, ging durch Gestrüpp, kämpfte sich durch dorniges Brombeergesträuch und fand den Eingang zu diesen geheimen Kammern nicht mehr.

Im Jahre 1999 erkrankte seine Mutter schwer, und er machte sich auf den langen Weg in seine Heimatstadt. Dort angekommen, erzählte sein Vater, dass seine Mutter bereits auf dem Weg der Besserung sei. Er saß an einem Tisch, vor sich ein Brett mit Wurst und Käse. Während er sprach, schnitt er den Käse mit einem großen Messer und aß dazu trockenes Brot. Seine Mutter saß unter einem Sonnenschirm im Garten und schälte Äpfel. Die Schalen kräuselten sich vor ihren Füßen wie kleine schlafende Tiere. Die Begrüßung verlief verhalten herzlich. Er klappte einen der herumstehenden Campingstühle auf und setzte sich darauf.

Dann folgte ein längeres Schweigen, das seine Mutter mit den Neuigkeiten aus der Region zu überbrücken suchte, während sie die Apfelschnitze in einer kleinen Plastikschüssel sammelte. Eine Freundin aus der kleinen Ortschaft, in der sie damals gelebt hatten, hatte ihr eine haarsträubende Geschichte erzählt, die auch für ihn, den Sohn, interessant sei. In einer Nacht, in der die Freundin wieder unter Schlaflosigkeit litt und hinter den

Gardinen am Fenster stand, sah sie, wie vor ihrem Haus ein Auto hielt. Aus dem Innern des Wagens drangen laute Stimmen. Offensichtlich ein Streit zwischen den Insassen. Dann stieg eine Frau aus. Die Freundin erkannte sie sofort. Es war Greta.

Sie schrie etwas ins Innere des Fahrzeugs hinein, gerade als die andere Person den Wagen startete und losfuhr und die zeternde Greta allein auf der nächtlichen Straße zurückließ.

Einen Augenblick lang saß der Mann bewegungslos auf seinem Campingstuhl, seiner Stimme beraubt, dann kam so etwas wie Krächzen aus seinem Mund.

Die Mutter entkernte einen Apfel.

Nein, sie habe schon gewusst, dass Greta bei diesem Unfall, in den er als Junge verwickelt gewesen war, nicht getötet wurde. Schwer verletzt zwar, aber nicht getötet. Ja, sie zog ihr rechtes Bein danach etwas nach.

Aber sie hatte geglaubt, er hätte das alles längst gewusst. Und nachdem sie dann weggezogen waren, hätte sich diese ganze Sache sowieso erledigt gehabt.

Aus den Augen, aus dem Sinn.

Sie verstand nicht, warum ihr Sohn plötzlich aufsprang, den Campingstuhl umstieß und davonrannte.

Für die nächste Nacht buchte er ein Hotelzimmer in der kleinen Ortschaft seiner Kindheit. Das Haus, in dem sie damals gelebt hatten, war längst abgerissen und jetzt ein Stück Brachland am Hang.

Es gab keine Verstecke mehr.

Jetzt sah er alles wieder vor sich und deutlicher als jemals zuvor.

Nach dem Unfall wurden Fenster und Türen geöffnet. Leute mit erhobenen Händen und geballten Fäusten und puterroten Gesichtern kamen auf ihn zu.

Seine Füße wollten sich in Bewegung setzen aber sie klebten auf dem Asphalt. Es war ein Davonrennen auf der Stelle.

Wie in einem Albtraum.

Er rannte so schnell er konnte. Sein Atem ging stoßweise. Auf dem Hofplatz versteckte er sich vor seinen Häschern. Als sie später wieder abzogen, schlich der Junge auf den Dachboden, zwängte sich zwischen einen alten, vermoderten Schrank und eine Couch, aus der riesige Sprungfedern ragten. Auf dem Boden trieben Staubbällchen.

Nachdem er eine Stunde auf das Brachland gestarrt hatte, wandte er sich seufzend ab

und spazierte zu der Brücke über dem kleinen Bach.

Plötzlich sah er Greta wieder, wie sie den
Lenker ihres Puppenwagens umklammerte.
Er beugte sich über das Geländer und spuckte ins Wasser. Die Spucke verschwand in
dem aufbrausend, schäumenden Wasser, als
hätte es sie nie gegeben.

Die Zeit der Lawinen   1985

Sie gingen die Allee unter den kahlen Bäumen entlang. Auf den Wiesen lag meterhoch der Schnee. Die Berge lagen im Dunst.

»Lass uns nicht zu viel Zeit vertrödeln«, sagte sie.

»Es ist so schön hier. Wir hatten eine gute Zeit.«

»Aber jetzt müssen wir uns beeilen.«

»Wir kommen noch früh genug.«

»Glaubst du, ich weiß nicht, wie du über deine Mutter denkst?«

»Was meinst du damit?«

»Du willst doch nicht behaupten, deine Mutter zu lieben.«

»Ich behaupte gar nichts. Jedenfalls hasse ich sie nicht.«

Die Sonne brannte auf die weißen Flächen und ließ sie glitzern. Das ganze Tal schien, im gleißenden Licht zu verglühen.

»Immerhin verdankst du ihr deine Neurosen.«

Ihr Gesicht unter der Pudelmütze war vor Anstrengung gerötet.

»Bitte verschone mich mit deinen Analysen.«

»Es sind deine eigenen Worte.«

Sie gingen nebeneinander her. Der Schnee unter ihren Füßen knirschte. Auf einer Anhöhe, umgeben von alten Kiefern, lag ein Schloss. In der Toreinfahrt war das Eisengitter beschädigt und dahinter stand ein Bauzaun und überall lag meterhoch Schnee. Als sie die angrenzende Mauer entlanggingen, sahen sie, dass der rechte Teil des Schlosses zerstört war.

»Wollen wir hineingehen?«

»Du bist verrückt.«

»Hast wohl Angst um mich?«

»Ich fürchte nur die Schererei. Außerdem wollten wir heute Nachmittag zu deinen Eltern fahren.«

»Du bist ja sehr besorgt um mich.«

Sie standen auf einer Brücke über dem zugefrorenen Fluss. Das Schloss lag auf der ihnen zugewandten Uferseite, hinter Bäumen verborgen.

Er hatte seine Brille abgenommen und rieb mit einem Tuch über die Gläser: »Denkst du manchmal an die ersten Tage zurück? Es war schön.«

»Es ist immer schön, wenn man den Mund hält und keine Ansprüche stellt.«

»Ich verstehe dich nicht.«

»Eben darum.«

Sie hatten den Fluss jetzt hinter sich gelassen und standen in der Ebene.

»Ich habe keine Lust mehr, weiter zu gehen«, sagte sie.

»Nur noch bis zu dem Bauernhof dort.«

»Nein, ich rühre mich nicht von der Stelle. Ich möchte zurück.«

»Bis zu dem Hof sind es höchstens dreihundert Meter.«

»Dreihundert Meter zu viel. Wir haben heute noch was vor. Deine Mutter erwartet uns.«

Er machte eine abwehrende Handbewegung.

»Verdammt, Henry. Immer dieses Theater mit dir.«

»Du kannst zurückgehen. Ich halte dich nicht, Christine.«

»Was sagen wir deiner Mutter?«

»Scheiß drauf.«

»Herrgott nochmal. Mach was du willst.«

Sie setzte sich an den Straßenrand und er wandte sich nicht nach ihr um. Er ging den Weg weiter, bis er zu dem Bauernhof gelangte.

Es war ein alter Hof mit einem Ziehbrunnen in der Mitte und einer Scheune mit Vorratsholz für die kalten Monate. Die obere Hälfte des Hauses war aus Holz gearbeitet, den Balkon zierte Schnitzwerk. Ein Hund schnupperte an einem dampfenden Misthaufen und die Bäuerin stand, die Arme in ihre ausladenden Hüften gestemmt, unter dem Vordach.

»Entschuldigung. Haben Sie vielleicht etwas zu trinken für mich?«

Die Bäuerin trat wortlos ins Haus und kam wenig später mit einem Glas Wasser heraus. Er trank es in einem Zug. Seine Hände begannen plötzlich, vor Aufregung zu zittern. Es war ein Fehler gewesen, Christine da unten zurückzulassen. Er spürte, wie viel Kraft ihn die Trennung kostete.

»Kann ich sonst noch etwas für Sie tun?«, fragte die Bäuerin.

Er deutete mit dem Finger den Berg hinauf: »Wenn ich hier weitergehe, wo komme ich dann hin?«

»Dort oben befindet sich eine Alm. Aber der Weg dahin ist unpassierbar. Sie sacken mit den Füssen im Schnee ein. Außerdem ist es wegen der Lawinen viel zu gefährlich.«

»Danke schön«, sagte er und ging den Weg hinter dem Hof den Berg hinauf. Neben den Weidezäunen befand sich eine schmale Furt mit Fußabdrücken im Schnee. Er folgte der Spur bis zum Beginn des Waldes. Wenn dort oben, unter den Schnee beschwerten Tannen, jetzt sein Vater wäre, dachte er. Dieser ewige

Wandersmann, den er seit seiner Kindheit nicht mehr gesehen hatte. Wie würde er ihm begegnen?

Gedankenverloren stieg er leicht an und als er zurücksah, in die Schneefläche hinein, sah er in der Nähe des Flusses Christine, seine Frau, sitzen. Sie bewegte ihren Kopf hin und her und war nichts als ein kleiner Punkt in der Landschaft. Sie war ganz winzig und er wusste, wenn er jetzt zurückgehen würde, wüchse sie mit jedem Schritt, mit dem er sich ihr näherte. Er spürte eine Angst in sich aufsteigen, die vielleicht der Angst ähnelte, die sein Vater empfunden haben musste, als seine Mutter ihn aus dem Haus warf. Er sah, nach all diesen Jahren, die Szene haarscharf vor sich. Die Augen eines Adlerkindes, die bemerkten, dass die Schuhe seines Vaters nicht mehr an seinem Platz standen. Er trug sie an den Füssen. Sie verursachten klackende Geräusche, als er wortlos das Haus verließ.

Henry stieg den Berg hinauf. Fast bemitleidete er sich jetzt, während er an die ersten Tage hier dachte. Christine und er gingen früh ins Bett. Nebeneinander liegend schauten sie auf die Lichter am Berg, die leuchteten wie Sterne in der schwarzen Nacht. Dann zogen sie sich die Decken über den Kopf, während im Tal die Eisenbahnen ratterten. Die Zuggeräusche sangen sie in den Schlaf.

Vor ihm führte eine Spur in den Wald hinein. Er setzte seine Füße auf die Spur und versank sofort bis zur Kniescheibe. Dann fand er festeren Untergrund und versuchte, leichter aufzusetzen, sein Gewicht besser zu verteilen. So kam er einige Meter weit den Berg hinauf.

Es ging voran. Vor ihm lag eine kleine Bachbrücke mit Geländer. Er trat in den Schnee und versank. Instinktiv fassten seine Hände nach dem Geländer. Unter ihm gähnte ein Loch. Durch das Loch hindurch sah er den schäumenden Bach. Er zog sich nach oben und tastete mit den Füssen den Untergrund ab. So gelangte er über die Brücke und weiter den Berg hinauf, der absurden Spur folgend. Er fragte sich, was die anfängliche Harmonie gestört hatte. Vielleicht Christines Fixierung auf Familie.

»Wenn wir schon mal hier sind, können wir deiner Familie doch einen Besuch abstatten.«

»Es ist nicht meine Familie.«

»Immerhin deine Mutter.«

»Ja, meine Mutter und der Mann, der meinen Vater vertrieben hat.«

»Herrgott nochmal. Du kanntest deinen Vater doch kaum. Aufgezogen hat dich dieser andere Mann.«

»Ja…«

Danach schwieg er und dann kam es in den nächsten Tagen immer wieder zu kleinen Scharmützeln. Vielleicht lag es daran, dass er zu viel von sich preisgab, zu viel über sich erzählte.

Es ging gut voran und er kam an eine Lichtung und konnte von dort nach unten sehen. Der Bauernhof lag weit unter ihm. Er schaute auf den Fluss, der silbern glänzte wie eine Schneckenspur. Er suchte nach der kleinen Gestalt, nach Christine, unweit vom Fluss. Aber die Sonne hatte alles in dessen Umgebung verschluckt.

Als Kind besaß er zwei hölzerne Steckfiguren: Einen Mann und eine Frau, die, ineinander gesteckt, eine Einheit bildeten. Irgendwann trennte er die Figuren und warf sie einzeln in den Schnee.

Sein Vater hatte sich nie wieder bei ihm gemeldet. Es war, als existierte er nicht mehr für ihn. Als gäbe es das Kind nicht, das er gezeugt hatte. Er verschwand und blieb verschwunden. Klack – Klack, seine Schuhe auf dem Steinboden. Sein Koffer an dem herunterhängenden Arm, den Rucksack auf den Rücken geschnallt. Ein dunkler Anorak, über die Seiten des Rucksacks gelegt, flatterte in der Zugluft der geöffneten Tür.

Henry stieg weiter den Berg hinauf. Zeitweilig kroch er auf allen Vieren um sein Gewicht besser verteilen zu können. Er schwitzte, sein Herz schlug schnell unter der Haut. Immer noch folgte er der Spur.
Dann wurde der Weg breiter. Er befand sich auf einer Straße, die von meterhohen Schneetürmen umgrenzt wurde. Ein schmaler Weg führte zwischen den Türmen den Berg hinauf. Die Spur vor ihm verlief jetzt undeutlicher.
Dann gelangte er in ein Waldstück, durchquerte es und erreichte eine Art Hochplateau, eine weiße Schneewüste. Um ihn herum thronten die schneebedeckten Riesen. Er sah die sanften Rundungen ihrer Gletscher. Er holte tief Luft. Nicht weit entfernt, hinter der Kuppe eines Hügels, ragte die Spitze eines Glockenturms empor. Er ging den Hügel in Richtung der Turmspitze hinauf. Von der Anhöhe konnte er am Rande einer Senke die hölzerne Kirche sehen, zu der der Glockenturm gehörte. Sie war von

Schneemassen umgeben, von den Ausläufern einer Lawine gestreift.

Jetzt fühlte er sich erschöpft. Sein Kopf war plötzlich seltsam leer, wie ausgeräumt. Er blickte auf seine Armbanduhr. Bald würde es dunkel sein. Die Fenster der Kirche waren mit schweren Holzläden verschlossen. Die Tür an der Rückseite war von Schneemassen verschüttet.

Henry stapfte an deren Rändern entlang. Unbemerkt hatte er die Spur verloren, als wäre sie aus seinem Bewusstsein verschwunden, als hätte sie nur in seiner Vorstellung existiert.

»Begreif es endlich. Dein Vater hat sich nie für dich interessiert. Du warst ein ungewolltes Kind. Ein Unfall. Basta.«

Er wusste nicht mehr, wann dieser Satz aus dem Mund seiner Mutter gefallen war, wie eine verfaulende Frucht.

Henry kam an eine sanfte Rundung, wo der Schnee etwas lockerer wurde, und ging weiter – bis zu einer Scheune. Die Scheune war aus Baumstämmen gebaut und diente zur Lagerung von Heu. An der Vorderseite gab es einen Einstieg. Er machte sich daran, hinauf zu klettern. Den ersten Balken erwischte er gut, so dass er mit der Hand in den Einstieg greifen konnte. Mit ganzer Kraft zog er sich nach oben. Dann kletterte er ein paar Heuballen hinauf. Auf der Rückseite entdeckte er einen Schlitz. Von dort konnte er über die Lawine hinwegsehen. Vor ihm erstreckte sich ein Meer aus Schnee und in dem Schnee waren kleine dunkle Inseln zu sehen.

Die Sonne ging langsam hinter einer Bergkuppe unter. Das Licht wurde fahl. Er rieb seine Augen und sah noch einmal hinaus und jetzt erkannte er deutlich, dass die Inseln aus kunstvoll geschnitzten Giebeln bestanden. Dort waren Häuser unter dem Schnee begraben.

Jetzt tauchte die Spur wieder in seinem Bewusstsein auf. Die Spur, der er schon seit seiner Kindheit folgte.

Wahrscheinlich führte sie in eines der Häuser hinein.

Irgendwann, in einer dunklen Nacht, waren die Einwohner von den Ereignissen überrascht worden. Es war wahrscheinlich alles sehr schnell gegangen und Hilferufe nicht zu hören gewesen. Alles – Mensch, Schuhe, Koffer und Rucksäcke, Gerätschaften – vom Schnee verschluckt.

Henry schichtete ein paar Heuballen um sich herum und verteilte das Heu. Er baute sich eine wärmende Burg. Es ging ihm gut. Er hatte die Fährte vor langer Zeit aufgenommen. Eine Fährte, die immer mehr verwischte und die sich schließlich in eine sichtbare Spur verwandelte.

Er wusste, Tote konnten keine Briefe schreiben oder Telefonate führen.

Er fühlte sich, als wäre ihm eine Last von den Schultern gefallen. Er legte sich mit zugeknöpftem Parka und Handschuhen unter seine Heudecke und stülpte seine Kapuze über den Kopf und die Mütze. Um ihn herum wurde es schnell dunkel.

Die Insel   1986/2016

Der Wind streute Sand über die Fahrbahn. Die Dünen erhoben sich wie Berge im fahlen Abendlicht. Der VW Käfer kroch gemütlich über den Asphalt.

»Wir hätten es nicht tun sollen.« Rob rutschte nervös auf seinem Sitz hin und her.

»Ich halte dich nicht. Du kannst aussteigen, wenn du möchtest.« Mike machte eine ausladende Handbewegung. Er steuerte den Käfer mit einer Hand. Lichter von entgegenkommenden Autos strahlten in den Fond.

»Die Bullen glauben uns nie, dass wir uns den Wagen nur ausleihen wollten.«

»Ich habe dich nicht gezwungen mitzumachen. Es war deine Entscheidung.«

Die Straße schlängelte sich zwischen den Dünen hindurch. Der Wind, von der Küste her, wurde stärker und brachte den Wagen zum schlingern. Rob rieb nervös seine Handflächen an der Hose.

»Wie geht's deiner Freundin, Mike?«

»Sie ist ne tolle Frau.«

»Ich habe gehört, ihr seid nicht mehr zusammen.«

»Sie nannte mich Süßer kleiner Kohlkopf.«

»Ja, ja das schöne Mädchen aus der Parfümerie.«

»Rob, tu mir einen Gefallen und lass uns das Thema wechseln.«

Mike hatte den Wagen wieder unter Kontrolle und verließ die Straße, um am Rand einer Düne links abzubiegen. Der Käfer surrte über den Sandweg wie eine Nähmaschine. Im Sichtkreis der beiden Männer zeichneten sich Häuser gegen den glimmenden Horizont ab. Mike betätigte den Steuerknüppel. Der Käfer brüllte kurz auf und kam vor einem reetgedeckten Haus zum Stehen. Ein Pulk umherstehender Mädchen stimmte ein Pfeifkonzert an: »Mensch, Jungs. Wo habt ihr den Wagen her?«

Mike lehnte sich im Polster zurück und stopfte sein Hemd in die Hose, während Rob an der Beifahrerseite ausstieg.

Drinnen saß Barbara an einem Ecktisch und weinte. Ihre Haare glänzten im Schein der Tischlampe. Rob bewegte sich durch Rauchschwaden im grellen Scheinwerferlicht auf sie zu.

»Was ist los?«

Er legte seinen Arm um Barbaras Schulter.

»Dieser verdammte Kerl.«

»Vergiss ihn. Begrab ihn.«

Barbaras Augen waren gerötet und ihr Gesicht eingefallen.

»Ich kann nicht.«

»Er ist ein Schweinehund. Er benutzt dich und wirft dich weg.«

»Ich weiß. Trotzdem.«

Rob lehnte sich zurück. Er dachte an all die Filme, in denen die Guten immer das Mädchen bekamen. Alles Lüge.

»Rob, kannst du mir helfen?«

»Ich werde es versuchen.«

Barbara kramte in ihrer Handtasche und zog einen Zettel hervor.

»Bitte ruf ihn für mich an und frag, was los ist.«

Rob wich instinktiv zurück und betrachtete zögernd den Zettel.

»Na gut. Ich mach's für dich.«

Am Nebentisch streckte Mike seine gedrungene Gestalt. »Rate mal, mit was für einem Auto ich heute hier bin.«

Gwen zeigte ein ausdrucksloses Gesicht, ließ aber verführerisch ihre spitze Zunge kreisen. Mike legte seine Hände um ihre Hüften.

»Ein schwarzer Käfer.« Seine Hände wanderten Gwens Rücken entlang bis zu den sanften Erhebungen ihrer Hinterbacken. Ihr

Kleid zeichnete jede Kontur ihres Körpers nach.

»Wie wäre es mit einer Probefahrt, Darling?«

Barbara und Rob traten in die laue Nacht hinaus. Ein großer Mond stand am Himmel. Sie gingen ein Stück Sandweg entlang. Hinter ihnen blinkten die Lichter der Discothek wie verrückte Sterne. Barbara berührte mit ihrer Hand Robs Schulter.

»Was hat er gesagt?«

»Dass du ihm gleichgültig bist.«

»Ich kann es nicht glauben.«

»Er möchte nichts mehr mit dir zu tun haben.«

Barbara blieb stehen, als lausche sie dem Rauschen des Meeres.

»Wo habt ihr den Käfer her?«, fragte sie schluchzend.

»Wir haben ihn ausgeliehen.«

»Also gestohlen.«

Rob berührte mit der Hand sein Kinn und flüsterte: »Ich hatte furchtbare Angst, während wir es taten und auch hinterher. Aber es war aufregend.«

»Was tust du, wenn du keine Autos stiehlst oder kleinen Mädchen hilfst?«

»Nichts Sinnvolles.«

»Sieh mal, wie der Sand im Mondlicht schimmert.«

Barbara ging in die Knie und ließ den Sand zwischen ihre Finger rinnen.

Rob beugte sich zu ihr hinunter.

»Dein Haar duftet so wunderbar.« Seine Nase wanderte über ihre blonden Strähnen.

Sie kam schnell hoch. »Lass uns zurück gehen. Mich fröstelt.«

Sie gingen nebeneinander den flackernden Lichtern entgegen.

Irgendwie hatten Gwen und Mike es geschafft, in den separaten Raum hinter der Kneipe zu gelangen. Als Rob die Tür öffnete, sah er die beiden auf dem Billardtisch liegen. Mike blickte ihn ausdruckslos an.

»Wo ist Barbara?«

»Sie wollte tanzen.«

»Und du?«

»Sie wollte allein tanzen.«

»Na gut, Junge. Du bist gleich dran.«

Gwen lag unter Mike und hatte rote Flecken im Gesicht und kicherte. Rob drehte sich um. Mike knöpfte sich die Hose zu. Er fasste Rob von hinten an die Schulter.

»Warte. Du bist dran. Bedien dich.«

Rob sah zu Gwen hinüber. Ihr Make-up war im Gesicht verschmiert. Mike ging schnell an Rob vorbei: »Viel Spaß, mein Junge.«

Gwen kam mit dem Oberkörper hoch.

»Bitte beeil dich. Ich habe Rückenschmerzen.«

Rob kramte eine zerknüllte Zigarettenpackung aus seiner Jeans.

»Ich habe nicht die Absicht, dich anzufassen. Warum tust du sowas Gwen?«

Er bot ihr eine Zigarette an.

»Kennst du die Französin?«

»Den süßen kleinen Kohlkopf? Ja, ich habe sie ein paar Mal gesehen.«

»Er ist verliebt in sie.«

»Allerdings. Aber es ist aus.«

Gwen nahm einen tiefen Zug von Robs Zigarette, rutschte vom Tisch und zog ihr Höschen unter den Rock. Rob ging zum Fenster und sah in die Nacht hinaus. Auf dem Parkplatz erkannte er den Käfer.

»Ich möchte ihn nicht verlieren«, sagte Gwen.

Auf der Fensterbank stand eine Flasche mit billigem Fusel. Rob reichte sie Gwen.

»Ich glaube, du bist nicht wie die anderen Männer.«

»Glaubst du.«

Gwen griff nach der Flasche und setzte sich auf den Tisch. Unter der Neonleuchte sah ihr Gesicht zerstört aus.

Auf dem Parkplatz stand Mike neben dem Käfer. Rob zündete sich eine Zigarette an.

»Es ist schon spät. Wir müssen den Käfer zurückbringen.«

»Ruhig Blut, ganz ruhig. Wir haben noch Zeit.«

»Du hast getrunken, Mike.«

»Na und?«

»Geh rein und kümmere dich um Gwen.«

Mike zog die Nasenflügel nach oben und streckte zwei Finger in die Luft.

»Diese ausgeleierte Tante. Du kannst sie haben.«

»Herrgott nochmal, Mike!«

»Sie ist nichts wert.«

Mike wandte sich ab, stieß mit dem Fuß die Tür zum Lokal auf und schlenderte schwankend hinein. Dann ging es nicht weiter, weil ein Fleischberg den Weg verstellte.

»Haust du anderen Leuten immer die Tür auf die Fresse?«

Der Koloss schied einen üblen Geruch aus.

»Entschuldige. Ich habe dich nicht gesehen.«

»Du Komiker«, sagte der Berg.

Seine Stimme schien aus der Tiefe eines Brunnens zu kommen.

»Ich habe keine Lust, mich zu prügeln.«

Den ersten Schlag erhielt Mike in die Magengrube. Er japste nach Luft und klappte zusammen wie ein Taschenmesser. Der Koloss zog Mikes Körper durch die Tür ins Freie. Einige Leute folgten den beiden. Der Hüne zog Mike zu sich heran und bearbeitete ihn immer wieder.

Aus der Gruppe der umstehenden Leute schälte sich Gwen heraus: »Lass ihn endlich in Ruhe!«, schrie sie.

Der Koloss tippte sie mit der Hand an und stieß sie neben Mike auf den Sandboden des Parkplatzes.

»Sprichst du von diesen Blutklumpen?«

Der Fleischberg wandte sich ab. Mike lag reglos auf dem Rücken. Gwen nahm seinen Kopf und legte ihn auf ihre Oberschenkel. Sie befeuchtete ihr Taschentuch mit Speichel und tupfte ihn damit ab.

In der Ferne blitzten die blauen Lichter eines Rettungswagens auf. Rob stand wie angewurzelt neben dem Käfer. Seine Hände berührten das Blech mit einer zärtlichen Geste. Dann entfernte er sich. Er ging den Weg entlang, der vom Haus weg in die Dünen führte. Den Weg, den er vor Stunden mit Barbara

ging. Er kam zu der Stelle, wo er ihr Haar
roch und zögerte kurz. Dann nahm er die
erste Düne mit schnellem Schritt. Auf halber
Höhe hielt er und schaute zurück. Vor dem
Haus stand der Rettungswagen. Sein kegel-
förmiges Licht rotierte gleichmäßig und hin-
terließ überall blaue Lichttupfer.

Am frühen Morgen wurde der Wind stärker
und trieb den Sand auf. Er lief und lief – in
eine Talsenke mit Heidegras hinein und auf
der anderen Seite wieder auf eine Düne. Von
dort sah er über die ganze Insel. Die Straße
schlängelte sich zwischen den Sandbergen
bis an die Grenze des Wattenmeers, wo das
satte Rot der langsam aufgehenden Sonne
glimmte.

Mauern   1985

»Moment. Ich erinnere mich an Berger. Der
Mann hat bei uns gearbeitet. In der Lohn-
buchhaltung. Ich müsste im Archiv in seiner
Personalakte nachsehen. Der Mann war lange bei uns beschäftigt. Über den Daumen
gepeilt, fünfzehn Jahre. Frau Ursula, bringen
Sie mir bitte die Akte Berger«.

2

»Also, ich sagte ihnen: Mit mir könnt ihr
nicht so umspringen, wie mit eurem Herrn
Berger. Die haben ihm auf der Nase herum-
getanzt. Ich habe klare Vorstellungen und
Ziele und teile die meinen Mitarbeitern mit.
Ich gebe Anweisungen und überprüfe, ob sie
befolgt werden. Zur eigenen Absicherung.
Überall hier existieren die Gesetze des
Dschungels. Einem Kollegen von mir haben
sie den hohen Krankenstand seiner Mitarbei-
ter als Führungsschwäche ausgelegt. Wir
befinden uns auf einem Schleudersitz. Alle
miteinander. Schwache Leute geraten unter
die Räder. Ich bin knallhart: entweder…
oder.«

3

»Wir hatten eine schöne Zeit zusammen. Ich spielte in der Johanniskirche Orgel und manchmal kam ich sonntags nicht rechtzeitig aus dem Bett. Berger lebte damals mit seinem Vater zusammen, einem Ekelpaket und Bettnässer, der jeden Tag in die Küche schiss. Berger konnte dort beim besten Willen keinen Damenbesuch empfangen. Bei mir war Herrenbesuch untersagt. Wie Diebe schlichen wir uns im Dunkeln in die Wohnung und sonntags, zu den Orgelstunden, verließ Berger das Haus vor dem Aufstehen und ich bin dann oft wieder eingeschlafen. Irgendwann wurde die Beziehung schwierig. Berger war besitzergreifend und nahm mir die Luft zum Atmen. Ich hatte es satt bis zur Halskrause, also bin ich fremdgegangen. Ich wollte ihn zum Schlussmachen zwingen! Aber er hat mir merkwürdigerweise all meine Eskapaden verziehen, obwohl ich sogar mit seinem Arbeitskollegen ins Bett gestiegen bin.«

4

»Früher bewunderte ich Bergers aufgeräumten Schreibtisch. Erstaunlich, wie seine Hand auf der sorgfältig gestalteten Schreibfläche lag, umgrenzt von Bleistiftschalen, Füllfederhaltern, Lineal und Anspitzer. Wenn er morgens kam, zog er zuerst seine Taschenuhr aus der Hose und legte sie auf ein zugeschnittenes Schaumstoffpolster vor seine grüne Schreibunterlage. Es war ein Bild für die Götter, kann ich Ihnen sagen.

Später begann er, sich zu vernachlässigen. Auch körperlich. Er wurde fett und ich riet ihm eindringlich, mehr für seine Gesundheit zu tun. Ich finde, es ist auch eine Frage der Ästhetik. Nicht wahr?

Ich selbst beginne meinen Arbeitstag mit 30 Liegestützen. Manchmal fahre ich mit dem Fahrrad zur Arbeit. Nachmittags nehme ich mir eine Stunde Zeit zum Laufen. Um den Anforderungen des modernen Arbeitslebens zu genügen, ist man gezwungen, sich körperlich fit zu halten. Ich habe mit Berger gesprochen, vielleicht nicht so direkt, aber freundschaftlich. Von Mensch zu Mensch. Er war umgänglich – bis er seine Arbeit verlor.«

5

»Er hat als Kind mit einem rohen Ei nach mir geworfen und mich getroffen. Mir wäre fast die Einkaufstasche aus der Hand gefallen.

Sein Vater war Polizeibeamter. Ein Pedant, wenn Sie mich fragen. Sogar innerhalb der Familie erstellte er Protokolle. Er verurteilte seine Frau und seine Kinder. In einem Fall musste seine Frau wochenlang auf dem Dachboden schlafen. Später wurde er dann dement. Berger pflegte ihn bis zuletzt.«

6

»Ich hatte eine freundschaftliche Beziehung zu ihm. Er trieb sich in der Nacht oft am Bahnhof rum und sammelte Leute auf, die in der Stadt hängengeblieben waren. Er fuhr sie, wohin sie wollten. Ich hielt ihn zuerst für schwul. Jedes Kind weiß doch, was auf Bahnhöfen so alles läuft. Ich ging aber dennoch mit ihm nach Hause. Sein Haus war der Hammer. Jede erdenkliche Fläche darin war zugestellt und alles war übereinander gestapelt. Wertvolle Dinge wie Schmuck, Porzellan und Bücher: alles verstaubt, total verdreckt. Es war finster wie in einer Höhle. Er hatte an den Fenstern alle Rollos heruntergelassen und es stank nach Tieren. Er besaß Katzen und Kanarienvögel. Aber es gab auch Mäuse und Ratten.
Irgendwann wollte er sein Haus vergrößern. Ich half ihm, das Fundament auszuheben.

Wenn ich nicht bei ihm war, ruhte die Arbeit. Später zog er noch ein oder zwei Mauern hoch. Das war's dann. Jetzt ist alles verwildert und die Natur frisst sich langsam durchs Gemäuer.«

7

»Ich habe regelmäßig für ihn gekocht. Er kam zum Essen zu mir. Er war schließlich fünfundzwanzig Jahre jünger und trotz seiner Korpulenz gut zu Fuß.
Nach dem Essen musste er sich die Hose aufknöpfen. Du kochst mich noch auf den Friedhof, sagte er dann. Manchmal tranken wir eine Flasche Wein und sahen fern. Zum schlafen ging er immer nach Hause. Sein Lieblingsessen war *Königsberger Klops.* Ich verrate Ihnen ein Geheimnis: Für das Gericht verwende ich keine Kapern. Niemals. Ein Rezept meiner Großmutter.«

8

»Berger war ein seltsamer Mensch mit Einsiedlermanieren. Wenn er bei mir anrief, dauerte es eine gewisse Zeit, bis er zu sprechen begann. Es bereitete ihm offensichtlich Schwierigkeiten, Sätze zu bilden. Im Lauf der Zeit wurde es schlimmer. Er wurde richtig verklemmt. Errichtete Mauern um sich. Er ließ sich die Lebensmittel vor die Tür stellen, bezahlte bargeldlos. Darauf konnte man sich verlassen. Am Ende setzte er keinen Fuß mehr vor die Tür.«

9

»An dieser Stelle ist der Iltis durch den Zaun geschlüpft. Dort hinten drang er ins Haus ein. Im oberen Stockwerk schlachtete er die Kanarienvögel und geriet dann in die Rattenfalle. Berger war zu diesem Zeitpunkt bereits tot. Nach unserer Kenntnis ist er aus dem Sessel gekippt – lag gekrümmt auf dem Fußboden. Auf dem Nachttisch stand ein Glas verdunsteter Wein. Bergers Körper war auf merkwürdige Weise mumifiziert. Auf ähnliche Weise trocknen Ratten aus, wenn man sie mit einem langsam wirkenden Gift behandelt. Es gab bei Berger keinerlei Anzeichen äußerer Gewalteinwirkung.«

Madeira   2007

Er war in der Nacht aufgeschreckt, ohne sich an einen bösen Traum zu erinnern. Dann dachte er an die zurückliegenden Ereignisse, sah die immer gleichen Bilder, wie die Endlosschleifen von Musik auf einer zerkratzten Schallplatte. Er stand auf, ging zu dem großen Panoramafenster und sah hinaus. Es gelang ihm nicht, an etwas anderes zu denken. Dort draußen sah es genau so aus wie in ihm selbst. Eine finstere Nacht, ohne Konturen, ohne Lichtzeichen. Nicht einmal der Spiegel des Meeres war zu erkennen. Er dachte an den Fischer unten am Hafen und die schwarzen Degenfische, in deren Eingeweiden der Mann emotionslos wühlte und mit geübtem Schnitt das Fleisch vom Gekröse trennte.

»Helmut, komm zu dir«, sagte er zu sich selbst.

Irgendwann, nach der Tat, die alles veränderte, hatte Elisabeth sich entschlossen zu gehen.

Ich halte es nicht mehr neben dir aus, schrieb sie auf ein Blatt Papier und deponierte es unter dem Boden einer Vase auf der Anrichte im Flur. Er hatte das Papier gleich nach dem Aufstehen entdeckt.

Sie hatten getrennte Schlafzimmer.

Er ertrug ihre Nähe nicht mehr, weil sie seine Nähe nicht mehr ertrug.

Elisabeth hatte diesen angewiderten Zug um die Mundwinkel, wenn sie miteinander redeten. Irgendwann wollte er sich nicht mehr die Blöße geben, von ihr zurückgewiesen zu werden.

Mit dem Papier in der Hand stieg er die Treppe zu ihrem Zimmer hinauf. Das doppelflüglige Fenster war weit geöffnet. Ihr blauer Koffer aus Leinen war verschwunden. Elisabeth hasste diesen Koffer, weil er so unhandlich war. Er besaß keine Rollen. Man musste ihn schleppen. Der einzige Vorteil bestand darin, dass eine Menge Klamotten hineinpassten.

In dem rahmenlosen Bilderrahmen auf der Anrichte fehlte das Foto, das die gesamte Familie abbildete. Robert, ihr einziges Kind, war damals noch ein kleiner Junge und schmiegte sich schüchtern an die Hosenbeine seiner Eltern.

Im Bücheregal, im Schlafzimmer, waren die Fotoalben verschwunden. Die gesamten bebilderten Erinnerungen.

Die Haube des altmodischen Plattenspielers war aufgeklappt. Vor dem Plattenschrank, auf dem flauschigen Läufer, lag eine zerbrochene Langspielplatte. Vier schwarze Splitter und daneben die zerfetzte Plattenhülle: *Late in the Evening.*

Damit hatte alles angefangen. Er hatte den Paul-Simon-Song am frühen Morgen vor Roberts Geburt aufgelegt und war danach wieder ins Bett gekrochen. Draußen war finstere Nacht. Elisabeth hatte die Bettdecke zurückgeschlagen und hielt mit beiden Händen ihren mächtigen Bauch. Für die Dauer des Songs lagen sie auf dem Rücken und starrten beide auf die aufgeklebten Sterne an der Zimmerdecke, bis diese matt im ersten Licht des Tages strahlten.

Im Kreissaal hielt er ihre Hand, während die Hebamme im Unterarm seiner Frau eine brauchbare Vene suchte. Blut floss in dünnen Rinnsalen ihren Arm hinab.

»Kann ich bitte einen Schluck Wasser bekommen«, flüsterte er, bevor sich alles vor seinen Augen in ein schwarzes Nichts auflöste und er von seiner Umgebung nur Striche wahrnahm.

»Tut mir leid, aber wir können uns um Sie nicht auch noch kümmern«, antwortete die

Hebamme. Da hatte er sich schon zum Fenster getastet und sog die frische Luft in sich hinein.

Mit dem ersten Schrei des Säuglings war er wieder bei Kräften. Die Hebamme reichte ihm lächelnd das kleine Bündel, führte ihn zum Waschbecken, öffnete den Wasserhahn und forderte ihn auf, das Kind zu säubern.

»Keine Angst, ich zeige Ihnen, wie`s geht.«

Er sah zu Elisabeth hinüber, die glücklich und erschöpft lächelte.

»Helmut, komm zu dir«, sagte er zu sich selbst.

Er ging nach draußen und atmete tief durch. Es waren die einzigen Empfindungen, die er in sich zuließ. Der Duft von Pflanzen, Blumen und Gräsern, der salzige Atem des Meeres. Das Rauschen des Windes in den Bäumen, das ihn so an seine Heimat erinnerte. Vogelgezwitscher, das Rascheln der Kleintiere im Unterholz, in den Büschen, die den heimischen Garten abgrenzten.

Hier waren es die Oleanderbüsche, so weit das Auge reichte. Baumgroße Weihnachtssterne, am Rande einer großen Rasenfläche, von Palmen umgrenzt.

Er zog sich an und stieg in den Wagen. Die Straße schlängelte sich am Hang nach unten, bis sie auf die Felsen der Steilküste traf, an denen sie sich anschmiegte und sanft nach unten fiel.

Elisabeth konnte ebenso wenig nach Hause zurück wie er. Sie mussten nach dem Unglück alle Brücken hinter sich abbrechen. Man gab ihnen in der Nachbarschaft, in der kleinen Stadt, eine Mitschuld an den Ereignissen.

Auf Madeira wollten sie noch einmal von vorne anfangen. Was immer das auch heißen mochte. Von vorne anfangen. Wie weit musste man in der Zeit zurückkreisen, um von vorne anzufangen?

Elisabeth fehlte ihm nicht. Dennoch war er seit einigen Tagen auf der Suche nach ihr. Er spürte in sich keinen Verlust, weil er ohnehin nichts spürte.

Sie erschien ihm wie ein Stein. Glatt poliert und kalt. Es war ein tiefer Graben, der sich zwischen ihnen aufgetan hatte. Ein Graben wie nach einem Erdbeben.

Der kleine Hafen, in den er einbog, lag verträumt in der Bucht, wie aus einem anderen Leben. Er fuhr langsam über das holprige Kopfsteinpflaster und hielt neben einer Kabbelage aus dicken Tauen. Ein Strickwerk aus sich selbst verschlingenden Seilen. Fischerboote lagen vertäut am Pier. Er stieg aus und starrte auf das unentwirrbare Knäuel, auf dem zwei Möwen saßen, wie auf einem erlegten Tier.

Robert war schon als Kind jähzornig, wenn er sich ungerecht behandelt fühlte. Er fühlte sich oft ungerecht behandelt.
»Mach bitte deinen Mund auf, Robert.«
Der Kinderarzt Dr. Langen fuchtelte mit einem hölzernen Spachtel vor Roberts Gesicht herum. Robert hatte eine Mandelentzündung und dachte nicht daran, seinen Mund zu öffnen. Vielmehr schlug er mit seinen kleinen Fäusten auf den Arzt ein.

Ein paar Fischer standen am steinigen Strand. Einer nickte zur Begrüßung, als er Helmut kommen sah. Er trug Handschuhe, deren gräulich beige Oberfläche blutverschmiert war. Vor ihm lagen fünf Degenfische auf einem Campingtisch. Der Fischer hatte seine Basecap tief in die Stirn gezogen. *Keep Walking* stand auf der Mütze. Konzentriert räumte er die Fische aus und warf die Innereien in einen großen Blecheimer hinter sich, der vor Eingeweiden bereits überquoll. Er setzte die Schnitte von unten nach oben an. An seinen dünnen Armen pulsierten die Sehnen vor Anstrengung. Sein Messer arbeitete präzise. Die Klinge fraß sich aggressiv in das Fleisch der Tiere.

Das Messer erinnerte Helmut an ein Messerset, das Elisabeths Eltern ihnen irgendwann zu Weihnachten geschenkt hatten. Die Messer steckten in einem Holzblock, den sie neben der Spüle deponiert hatten. Fünf höllisch scharfe Klingen unterschiedlicher Größe. Richtige Mordwerkzeuge.

Robert war Fünfzehn, als er durch die Haustür nach draußen zeigte: »Überall herrscht Krieg. Wir müssen jeden Tag da raus und kämpfen.«

Vor der Haustür erstreckte sich ein kleines Gartengrundstück: Buxbäume, ein Lebensbaum, Blumen – bis zum Zaun vor dem Fußgängerweg.

Die Knöchel seiner Hand traten hervor, hart und weiß. Seine Stimme klang metallisch: »Ein Kampf bis aufs Messer.«

Helmut starrte wie gebannt auf die Hände des Fischers. Dann schreckte er auf.

Herrgott noch mal, dachte er. Es ist etwas anderes, einen toten Fisch auszunehmen, als ein Blutbad anzurichten. Ein Blutbad an einer Schule. Das Blut unschuldiger Menschen zu vergießen.

Helmut wandte sich angeekelt ab. Der Hafen lag friedlich und träge im diesigen Licht, von Felsen umgeben, in denen die Hafenanlagen eingebettet waren wie schlafende Körper. Die großen Boote waren mit Planen abgedeckt, die kleinen standen auf dem Kopf. Wasser tröpfelte auf Steinböden. Aus kleinen Pfützen schlapperten verwahrloste Katzen. Ein Hund mit dem Kopf und den spitzen Ohren eines Schäferhundes auf dem Körper eines Dackels rekelte sich auf den Steinen.

Da bemerkte Helmut am anderen Ende des Hafens eine Figur, eine Person, die ihm vertraut erschien. Elisabeth. Sie stand unterhalb einer Treppe, die zu einem Leuchtturm führte. Er setzte sich in Bewegung.

Elisabeth war hinter einem Felsvorsprung verschwunden und tauchte wenig später wieder auf.

Helmut erreichte die Mole und rannte los. Elisabeth hatte die Stufen verlassen und war auf den Mauervorsprung geklettert, ungefähr zehn Meter über der Mole.

Da packte sie Helmut von hinten an den Fesseln.

»Nicht«, schrie er.

Er fühlte sein Herz rasen. Von der Anstrengung des Laufens war er außer Atem. Er spürte, wie ihre Füße zitterten und gleichzeitig nachgaben.

»Lass mich los«, sagte sie ruhig.

Er ließ sofort von ihr ab und sie knickte ein. Dann setzte sie sich mit dem Rücken zu ihm auf den Mauervorsprung.

Er kletterte ihr nach und nahm neben ihr Platz, ohne sie zu berühren.

So sahen sie beide auf den Hafen hinaus. Dann sah er Elisabeths Koffer. Er trieb wie ein Leck geschlagenes Boot auf die Hafenausfahrt zu. Elisabeths gesammelte Habseligkeiten. Sie schien darauf zu warten, dass alles unterging. Helmut fasste nach ihrer Hand.

Sie ist weg   2009

Als Richard in der Nacht aufgeschreckt war,
dachte er, jemand hätte die Zeit angehalten.
Alles schien erstarrt, wie gefroren. Unbewusst hatte er ein Geräusch gehört, ein
dumpfes Aufschlagen.
Er stand auf, schlüpfte in seine Filzpantoffel,
die akkurat vor seinem Bett standen, eilte
über den Flur in Dorles Schlafzimmer und
knipste die Nachttischlampe an. Sein Blick
fiel zuerst auf das perlmuttfarbene Kästchen
neben der Lampe. Eine Spieluhr. Wenn man
den Deckel öffnete, erschien eine schmale
blecherne Tänzerin, die sich auf einem runden Tablett drehte, die schlanken Arme an-
mutig über dem Kopf verschränkt.
Das Schlafzimmer war verlassen. Dorle war
weg. Ein Bilderrahmen lag umgekippt vor
der Nachttischlampe. Vielleicht hatte er das
Geräusch verursacht? Richard nahm ihn auf
und hielt ihn unter den Schein der Lampe.
Das Foto darin zeigte eine junge Frau mit
langem dunklem Haar und schmalem Gesicht. Mit Augen wie glimmende Kohlen. So
hatte er Dorle nie gesehen. Aber diese Person
auf dem Foto hatte einen Leberfleck über der
Oberlippe. Wie Dorle. Also musste es Dorle

sein. Richard lehnte das Bild an den Holm der Nachttischlampe, nachdem er festgestellt hatte, dass der Aufsteller auf der Rückseite des Rahmens defekt war. Dann löschte er das Licht und ging in sein Schlafzimmer, schlüpfte aus seinen Pantoffeln und legte sich wieder ins Bett.

Er schloss die Augen, befürchtete aber gleichzeitig, wieder einzuschlafen. Er dachte an den Fisch in seinem Aquarium im Wohnzimmer. Seit Monaten lebte er in Agonie, bewegte sich nur, wenn Futter auf der Wasseroberfläche schwamm. Dann nahm er eine Lauerstellung ein und wartete, bis das Futter sich mit Wasser vollgesogen hatte und absank. Dann drehte er langsam Körper und Kopf, öffnete sein Maul und steuerte seinen Körper in Richtung des Futters und schnappte zu.

Er war das letzte noch lebende Wesen im Aquarium neben dem schäbigen Rest Grünpflanzen und ein paar Steinen, auf denen Schnecken klebten. Es wäre besser, alles abzubauen, dachte Richard. Den Filter und die Pumpen. Dann würde der Fisch endlich eingehen, könnte endlich sterben.

Es dämmerte. Richard überlegte, ob er aufstehen sollte. Der Tag lag wie eine Aschenbahn vor ihm. Sich wiederholende, quälend lange vierhundert Meter. Er sah sich als junger Mann, mit dem Fußballen an den Startblock gestemmt – außerstande sich zu bewegen, wie angewurzelt, in einem Albtraum gefangen.

Er musste sich einen Plan erarbeiten. Ein Plan, der alle Dinge beinhaltete, die erledigt werden mussten. Ein Plan wie Dorles Einkaufszettel.

Wenn Dorle ihre Zettel beschrieben hatte, musste Richard sie ins Dorf fahren. Er hielt immer an der Straße vor dem Einkaufszentrum, schaltete die Warnblinkanlage ein, ging um den Wagen herum und half Dorle aus dem Fahrzeug, indem er ihre Beine zum Ausstieg drehte und mit beiden Armen ihren schweren Körper nachzog. So stellte er sie auf die Beine. Während er ihre Gehhilfe aus dem Kofferraum bugsierte, hantierte sie mit dem Handy.

»Ich rufe dich an, wenn du mich abholen kannst.«

Während sie ihren Einkaufszettel abarbeitete und anschließend zur Entspannung das kleine Cafe gegenüber dem Supermarkt besuchte, bereitete er das Mittagessen vor.

Jetzt fiel Tageslicht auf den zusammengesunkenen Rucksack neben Richards Bett.

Den Rucksack benutzte Richard zum Einkaufen, weil er genau die richtige Größe besaß, um Lebensmittel und Getränke damit zu transportieren. Seit Dorle weg war, hatte er sein Auto nicht mehr benutzt. Er achtete darauf, andere Wege zu beschreiten. Kleine Pfade zwischen den Schrebergärten, schmale Gassen – bislang von ihm vernachlässigte Wege.

Das Licht wanderte vom Rucksack auf die höher gelegene Bettdecke, unter der Richard lag und nachdachte. Er überlegte, ob er aufstehen sollte, kam kurz mit dem Oberkörper hoch, um die Uhrzeit auf dem Display seines Digitalweckers abzulesen, brach die Bewegung auf halbem Weg ab und sank zurück ins Kissen. Fast genauso wie der sterbende Mann in dem Film, den er in seiner Jugend gesehen hatte, aber dessen Titel ihm nicht einfiel. Der Mann lag in einem Bett mitten in einem Birkenhain. Er schaute durch die Baumkronen in den Himmel und sah die Blätter der Birken mit der Sonne spielen – silbern glitzernd im Licht. Vielleicht wollte er deshalb die Grabstelle für Dorle zwischen den drei Birken, direkt hinter dem Friedhofseingang. Er sah ihr Grab vor sich, mit Blumen und Kränzen überhäuft. Einige der Blumen welkten bereits. Inmitten des Blumenarrangements ragte ein Holzkreuz empor mit Dorles Namen darauf. Wie viel Zeit war seitdem vergangen?

Richard öffnete seine Augen. Er lag immer noch still da. Es war, als hätte jemand die Zeit angehalten. Eigentlich lohnt sich das Aufstehen nicht, dachte er. Wenn er einfach liegenbleiben würde, könnte der Tag wie ein Windhauch über ihn hinwegstreichen. Er lächelte. Der Gedanke gefiel ihm.

Doch plötzlich schreckte er von seinem Bett hoch. Ihm war eingefallen, dass er seit Tagen vergessen hatte, den Fisch zu füttern.

»Verdammt nochmal«, schrie er.

Er ging ins Wohnzimmer, knipste die Beleuchtung des Aquariums an und sah, wie der Fisch leblos auf der Wasseroberfläche trieb. Richard griff nach der Dose mit dem Fischfutter und streute etwas davon auf das Wasser. Zuerst blieb alles ruhig. Dann drehte sich der bislang leblose Fisch, schnappte nach dem Futter und sank tiefer und tiefer, an den maroden Grünpflanzen entlang, bis zu den Steinen, an denen sich Wasserschnecken festgesaugt hatten. Nun regte sich eine Flosse des Fisches. Das Tier navigierte in die Waagrechte. Richard klopfte mit dem Finger an die Scheibe. Der Fisch bewegte den Kopf. Richard begann zu weinen.

Dann ging er in Dorles Schlafzimmer und öffnete die Fensterläden. Als er den Nachttisch mit der Spieluhr streifte, hielt er kurz inne und öffnete das Kästchen. Die Tänzerin erschien auf dem Tablett und drehte ihre Runden, während die Melodie erklang. Dorle liebte diese Spieluhr, hörte ihre Melodie immer vor dem Schlafengehen.

»*Für Elise* von Franz Liszt«, flüsterte sie schlaftrunken, während sie Richard den Rücken kehrte.

»*Für Elise* ist aber von Beethoven«, antwortete Richard.

»Reg mich bitte nicht auf vor dem Schlafengehen.«

»Es liegt mir fern, dich aufzuregen. Ich wollte nur etwas richtigstellen.«

Der Bilderrahmen mit Dorles Fotografie war wieder umgefallen. Richard nahm den Bilderrahmen an sich. Es wird mir nichts anderes übrig bleiben, als ihn auszutauschen, dachte er. In einem Fotogeschäft hatte er vor einigen Tagen schöne Glasrahmen gesehen, die ohne Aufsteller selbstständig standen.

Menschen in der Landschaft   2010

Der kleine Parkplatz lag am Fuß des Deiches. Der Mann stellte den Motor ab und öffnete die Wagentür. Es war Mittagszeit. Am Vormittag hatte es geregnet. Ein dünner Nieselregen aus schmierig-grauen Wolken. Dann riss die Wolkendecke auf und die Sonne knallte auf die Landschaft, bis das Gras dampfte. Der Mann ging um das Fahrzeug herum und half seiner Frau beim Aussteigen.
»Hast du den Autoschlüssel eingesteckt?«
»Ja, natürlich.«
»Naja, du bist etwas schusselig in letzter Zeit«, antwortete die Frau.
»Bring mich doch ins Heim.«

Der Deich fiel auf der anderen Seite schräg ab und ging in ein von Kanälen durchzogenes Weidegebiet für Schafe über. Es war dem Meer abgerungenes Land, flach wie ein grauer Teller. Die Kanäle führten ins Wattenmeer hinaus. Mit der einsetzenden Flut würde sich der Streifen Land verändern. Am Horizont glitzerte Wasser im Sonnenlicht.
»Kann das Wasser bis hierher kommen?«, fragte die Frau.
»Nur bei Sturmflut wird es gefährlich.«

»Diese Weite vermisse ich bei uns zu Hause.«

»Das verwundert mich nicht. Irgendetwas vermisst du doch immer.«

Die Frau antwortete nicht, sondern sah in die Weite hinaus: »Wir sollten uns nicht streiten. Besonders heute nicht, nachdem wir von Leos Tod erfahren haben.«

Der Mann senkte den Kopf und stieß ein kaum hörbares Glucksen aus. Dann schnäuzte er in ein zerfasertes Papiertaschentuch. Am Horizont nahm er den schmalen Bug eines Schiffes wahr.

»Ich kann es kaum glauben, aber es ist immer noch da.«

Seine Frau sah ungläubig zu ihm hinüber.

»Was?«

»Das Wrack, auf dem wir als Kinder immer spielten.«

»Leo und du?«

»Ja...Leo und ich. Das muss ich mir ansehen.«

»Es ist zu weit weg. Inzwischen wird dich die Flut einholen.«

»Du kannst mich begleiten.«

»Damit wir beide ertrinken? Du hast heute deine romantischen fünf Minuten, nicht wahr?«

»Dann wären wir wieder mit Leo zusammen. Wie damals...vor vierzig Jahren.«

»Dieser Moment hat deinen Zynismus nicht verdient.«

»Er hat dich befummelt, und gar nicht mal weit von hier. Auf der Bank, dort drüben, auf dem Deich.«

Der Mann zeigte in Richtung der Deichkrone. Etwas kaum sichtbares, dunkles, erhob sich über die Grasflächen.

»Meine Güte, das ist vierzig Jahre her.«

»Immerhin waren wir damals schon ein Paar, Viola.«

»Aber ich habe dir alles erzählt. Ich war offen zu dir, Joachim.«

Es war das erste Mal seit langer Zeit, dass sie ihn wieder mit seinem vollen Namen ansprach. Er nahm seine Brille ab und strich sich mit zwei Fingern über die Nasenwurzel.

»Warum hast du dich damals eigentlich für mich entschieden?«

Viola trat näher an ihren Mann heran und strich mit der flachen Hand über den Unterärmel seines Anoraks.

»Ich habe dich eben geliebt.«

»Und Leo.«

»Leo war flippig. Ein charmanter Paradiesvogel. Reizvoll. Mehr nicht.«

»Ja, er war bereits als Kind sprühend, voller Energie. Wir sind auf dem Wrack herumgetollt wie verrückte Piraten. Haben mit Holzsäbeln gefochten und er übernahm immer das Kommando.«

Über Joachims Gesicht strich ein feines Lächeln, das ihn für einen Moment jünger erscheinen ließ.

Wolken formierten sich, nahmen schwarz gefärbte, bedrohliche Ausmaße an.

»Du kannst ja hierbleiben und auf mich warten.«

»Das kann nicht dein Ernst sein. Inmitten von Schafskot und bei diesem Wetter.

»Es gibt freie Stellen.«

»Wir sind hergekommen, um zusammen etwas zu unternehmen. Etwas Gemeinsames, nach langer Zeit. Erinnerst du dich?«

»Das war, bevor wir von Leos Tod erfuhren.«

»Was hat das mit Leos Tod zu tun?«

Joachim zeigte in Richtung des Schiffes.

»Was zum Teufel glaubst du, darauf zu finden?«

»Nichts. Es wäre nur schön gewesen, an einen Ort meiner Kindheit zurückzukehren. Als alles noch unschuldig war. Nicht vom Leben belastet.«

»Du warst damals wegen mir sauer auf Leo?«

»Ja, euer Techtelmechtel hat unsere Freundschaft zerstört.«

Viola hatte ihre Hände in den Anoraktaschen vergraben.

»Das Wetter schlägt um. Wir sollten zum Auto zurückkehren.«

Joachim stand einige Meter vor ihr, im Begriff das Marschland zu betreten.

»Herrgott nochmal. Immer musst du Extratouren unternehmen.«

»Ich bin nun mal so.«

»Ertrink doch. Im Grunde ist es mir gleichgültig, ob du gehst oder nicht. Es schmerzt nicht einmal mehr.«

Als Joachim sich umdrehte, sah er, dass Viola sich mit einem Taschentuch eine Träne von der Wange wischte.

»Früher war alles anders, nicht wahr? Auf dieser Bank – mit Leo.«

Viola schnäuzte sich die Nase.

»Stimmt genau. Mein Leben war erfüllter. Nicht so eine Einöde wie heute.«

Jetzt ging Joachim ein Stück weiter.

»Ich bin die Enttäuschung deines Lebens«, sagte er mehr zu sich selbst.

Viola deutete auf die Wolken über ihnen.

»Bitte geh nicht. Bleib hier und fahr mit mir zurück.«

Joachim hatte sich noch einmal umgedreht und sah ihr ins Gesicht.

»In die Einöde? In die Eintönigkeit?«

»Wir sollten uns auf den Weg zurück zur Trauerfeier machen. Vielleicht erfahren wir dort mehr über die genauen Umstände von Leos Tod.«

Joachim zögerte einen Moment, ging dann jedoch auf Viola zu und nahm sie in den Arm. Als er sie an sich drückte, schluchzte sie leise.

»Von wegen Einöde. Hier ist die Einöde. Leo war Alkoholiker und hat es nie geschafft, diesem Kaff den Rücken zu kehren. Er hat sich mit Gelegenheitsarbeiten über Wasser gehalten und hat bis zuletzt seinen Eltern auf der Tasche gelegen. So ein Leben nenn ich eintönig, wenn wir schon beim Thema sind.«

»Aber jetzt ist er tot und das ist traurig.«

Viola hatte sich aus Joachims Umklammerung gelöst und sich umgedreht.

Erste Regentropfen fielen. Das Wrack lag vor dem Horizont wie ein dunkler Schatten. Die Kanäle füllten sich langsam mit Wasser.

Scarborough   2012

Sie war die Straße von Camden heruntergekommen und in Rockland vom Regen überrascht worden, einem Sturzregen, der ihr für kurze Zeit die Sicht nahm, weil ihr Scheibenwischer die Wassermassen nicht mehr bewältigen konnte.

Auf Höhe der Hafenanlagen lenkte sie den Wagen nach links, fuhr die kleine Anhöhe zu den Piers hinunter und blieb auf einem der Parkplätze stehen. Vögel flatterten um die alten Lastkähne und Hummerfänger herum wie bedrohlich schwarze Flecken auf dem regenverhangenen Grau des Himmels.

Sie stellte ihren Sitz nach hinten, schaltete die Scheibenwischer aus und der Regen rann im Fluss die Scheiben hinunter, ohne dass sich die Tropfen Zeit ließen, am Fensterglas zu zerplatzen.

Müdigkeit überkam sie, gleichzeitig getraute sie sich nicht einzuschlafen, aus Angst vor ihren Träumen. Sie verriegelte die Tür.

Der Trauerredner hatte die Wahrheit gesagt. Ohne es wirklich zu wissen, war er aufrichtig gewesen in der Einschätzung des Charakters ihres Vaters. Er hatte sie zu Tränen gerührt, wie den Rest der Trauergemeinde. Allerdings hatten die Anderen, so glaubte sie, einen berechtigten Grund für ihre Trauer, weil sie die Wahrheit nicht kannten. Die kannte nur sie.

Sie war eingeschlafen und nach kurzer Zeit wieder aufgewacht, weil ein Mann vom Sicherheitspersonal des Hafengeländes an die Fensterscheibe klopfte.
»Alles in Ordnung, Ma'am?«
Sie nickte und entschuldigte sich, weil sie auf dem Parkplatz eingeschlafen war.
»Ich fahre gleich weiter.«

Der Regen hatte nachgelassen. Auf jeden Fall wollte sie bis zum Abend Portland erreichen. Das gleichmäßige Schnurren ihres Dodge beruhigte sie. Ihr Kopf war klar, alle trüben Gedanken verflogen. Vielleicht konnte sie in einem kleinen Motel in Portland unterkommen und am nächsten Morgen noch etwas am Wasser spazieren gehen.

Am Abend wurde der Regen stärker. Das restliche Tageslicht hatte sich zu einem Streifen am Horizont verdichtet. Dann brach die Dunkelheit herein und der Regen prasselte, als sie die Abfahrt Portland hinunterfuhr. Die Positionslampen der Straßenbeleuchtung blinkten wie tanzende Lichter in einem Springbrunnen.

Sie verlor die Orientierung.

Also fuhr sie geradeaus, direkt in die Stadt hinein, die im Regen einer Clownsfratze glich: schrill und fruchteinflößend. Ihr Dodge passierte die Hafenanlagen. In der Ferne strahlte eine beleuchtete Brücke, die zu einem schattigen Ufer führte. All diese Lichter tanzten vor ihren Augen und machten sie ganz schwindelig. Sie nahm die nächste Ausfahrt in der Hoffnung, dass diese Straße sie aus der Stadt hinausführen würde, hin zu einem kleineren, übersichtlichen Ort.

Tatsächlich schlängelte die Straße sich auf eine Brücke hinauf und auf der anderen Seite wieder hinunter und dann immer geradeaus. Inzwischen war sie in einen Fluss aus unzähligen Autos gespült worden, die auf mehrere Spuren verteilt, alle in eine Richtung fuhren. Irgendwann tauchte ein leuchtendes Schild vor ihr auf. Ein schwarzer Pfeil bezeichnete die Richtung. Scarborough stand auf dem Schild. Der Name gefiel ihr. Er erinnerte sie an irgendetwas. Fast hätte sie bei ihrem Gedankenspiel das Motelschild am rechten Straßenrand übersehen. Die Leuchtreklame verwischte vor ihrer Frontscheibe. Instinktiv lenkte sie den Dodge in eine freie Parkbucht.

Die Rezeption war in einem kleinen Holzhaus auf der anderen Seite des Parkplatzes untergebracht. Sie sah einen Mann mit einem Schlüssel in der Hand herauskommen. Der Mann grüßte kurz, als er an ihr vorbeiging.

Der Concierge war ein kleiner, untersetzter Mann indischer Abstammung. Er war freundlich, ohne unterwürfig zu sein, und hatte noch ein Zimmer für sie und einen Vorschlag: ein gutes Restaurant, das lange geöffnet hatte, und ganz in der Nähe sei.

Nein, sie sei zu müde, um noch weiterzufahren und der Gedanke, etwas zu essen, widerstrebte ihr sowieso. Außerdem habe ihre Mutter ihr vor der Abfahrt noch ein Sandwich eingepackt, erzählte sie.

Eine Holztreppe führte an der Seite des Gebäudes hinauf. Das Abflussrohr der Regenrinne gab gurgelnde Geräusche von sich.

Sie schloss die Tür zu ihrem Zimmer auf, warf ihre Reisetasche auf das gemachte Bett und verspürte den Wunsch, sich eine Zigarette anzustecken. Auf dem kleinen Tisch vor dem Fenster stand ein Kärtchenhalter mit der Aufschrift: No smoking, please!

Sie entnahm aus einem Seitenfach ihrer Reisetasche eine Packung Zigaretten.

Vor ihrer Tür stand kein Tisch, also ging sie über die Treppe nach unten und entdeckte neben einer Zimmertür ein kleines Tischchen mit einem Aschenbecher darauf. Inzwischen hatte es aufgehört zu regnen. Sie sah, wie ihr Dodge tropfte. Sie fingerte eine Zigarette aus der Packung und steckte sie sachte zwischen ihre Lippen.

»Geben Sie eine Zigarette aus?«

Der Mann besaß eine tiefe, sanfte Stimme, und als sie sich zu ihm umdrehte, erkannte sie, dass es der Mann war, der ihr auf dem Parkplatz begegnet war. Sie ließ ihr Feuerzeug fauchen und reichte dem Mann die Zigarettenpackung. Seine große Hand hatte Schwierigkeiten, die schmale Zigarette aus dem zerknautschten Papier zu ziehen. Sie schaute auf den stark behaarten Handrücken des Mannes. Es waren die Hände ihres Vaters. Wie der Fremde die Zigarette hielt und sich mit einer gewissen Nonchalance Feuer geben ließ: ein Déjà-vu.

Zuerst erwägte sie wegzulaufen wie ein Tier, das in der Falle sitzt.

Dann schaute sie intensiv in das Gesicht des Mannes. Die Ähnlichkeit war frappierend, stellte sie mit Herzklopfen fest. Es waren die weichen Gesichtszüge eines älteren Mannes, in denen die einst markanten Strukturen allmählich ausgewaschen wurden. Er musste im gleichen Alter wie ihr Vater sein, vielleicht sogar älter. Ihr Blick wanderte unbeabsichtigt an seinem Körper hinab, der noch straff wirkte in seiner aufrechten Haltung. Unterhalb seines Hosenbundes hielt sie für den Bruchteil einer Sekunde inne. Eine schlechte Angewohnheit, für die sie sich sogleich schämte. Es war nichts speziell Sexuelles, eher eine Form von Neugierde, die zwanghaft war. Sie zog heftig an ihrer Zigarette, wie eine Ertrinkende, die sich an einen Strohhalm klammert.

Sie wollte fliehen.

Da begann der Mann, über das Wetter zu sprechen. Über den ergiebigen Regen, der ihn gezwungen hatte, langsamer zu fahren und schließlich die Fahrt zu unterbrechen. Der Fremde besaß eine angenehme Stimme, die sie auf merkwürdige Weise für ihn einnahm.

Dann wurde es wieder unangenehm. Sie fühlte eine wohlbekannte Beklemmung in der Brustgegend, eher das Gegenteil einer sexuellen Erregung.

Oder doch nicht?

So war es immer. Es war nie eindeutig. Nicht Fleisch, nicht Fisch, wie ihr Vater zu sagen

pflegte, was ihr sofort eine Gänsehaut be-
scherte.

»Sie sollten sich etwas überziehen. Sie zittern
ja am ganzen Körper«, bemerkte der Mann
und sie drückte flüchtig ihre Kippe in den
Aschenbecher, so heftig, als würde sie ein
Insekt zerquetschen.

»Ich sollte besser schlafen gehen. Gute
Nacht«, sagte sie mit gestelzter Stimme, in
der eine Spur Angst mitschwang. Die Angst,
ihre Stimme könnte umkippen, etwas anderes sagen. Es war wie Rutschen auf einer
spiegelglatten Fahrbahn.

Sie ging langsam die Holztreppen zum oberen Stock hinauf. Auf Höhe ihrer Zimmertür
blieb sie einen Moment stehen. Die schmalen
Rauchschwaden aus der Zigarette des Mannes drangen durch die Ritzen der Holzboh-
len, als griffen seine verlängerten Finger
nach ihr.

Sie blieb ruhig stehen, schaute auf den Parkplatz hinunter und sah, wie der Mann unter
ihr eine leichte Schlenkerbewegung zum
Aschenbecher hin machte. Teile seines Haar-
schopfes schimmerten durch die Abstände
zwischen den Bohlen. Wahrscheinlich drückt
er seine Zigarette im Aschenbecher aus,
dachte sie und begann zu zittern. Sie würde

niemals in der Lage sein, ein normales Leben zu führen, und dafür schämte sie sich.

Eine halbe Stunde später lag sie in ihrem Bett, hatte das Licht gelöscht und ihr Fenster einen Spalt breit aufgezogen. Sie dachte an den harmlosen, ahnungslosen Mann im Zimmer unter ihr, der es wahrscheinlich niemals gewagt hätte, sie zu berühren, sie anzufassen, wie ein Anderer es getan hatte. Der erste Mann in ihrem Leben. Der einzige Mann. Sie spielte mit dem Gedanken, hinunterzugehen und unter einem Vorwand alles zu erklären. Aber der Mann hätte vermutlich nichts verstanden. Vielleicht hätte sie ihm ihre ganze Geschichte erzählt. Von Anfang an.

Die Maßnahme   2014

Franz bog zu Fuß aus der Seitenstraße in eine breite Einkaufszone ein, als hinter ihm das kalte, blaue Licht aufblitzte. Es spiegelte sich in den Fensterscheiben der Geschäfte und auf dem regennassen Pflaster der Straße. Franz blieb einen Moment stehen.

Das zuckende Licht des Ambulanzwagens sprang über ihn hinweg. Hinter den Fenstern des Wagens beugten sich zwei Weißkittel über einen grauen Haarschopf, während die ohrenbetäubende Sirene einsetzte.

Franz spürte den Schmerz in seinen Beinen und rührte sich nicht von der Stelle. Der Schmerz breitete sich unten aus, breit und flach, dann schraubte er sich wie ein Kreisel durch Franz' Körper. Das blaue Licht tauchte im Gewimmel der Straßenszenerie unter. Franz bekam einen Hustenanfall. Er war zu lange unterwegs und hatte die Wohnsilos weit hinter sich gelassen. Für heute war er der Maßnahme entgangen. Also beschloss er, ein Taxi nach Hause zu nehmen. Den Fußmarsch zurück hätte er vermutlich nicht überlebt.

Der Taxifahrer schnippte seinen abgefresse-
nen Zigarettenstummel in den überfüllten
Aschenbecher.

»Na, wo soll es denn hingehen, alter Mann?«
Die Fahrgastzelle stank nach kaltem Rauch
und Franz im Fond des Wagens wand sich
angeekelt ab.

»Dorthin, wo morgens die schwarzen Vögel
aufsteigen, dem Ort der verpassten Chancen
und der maßlosen Wut.«

»Geht's ein bisschen genauer, Alterchen?«

»König-Ludwig-Allee.«

Er gab dem Fahrer kein Trinkgeld. Als er die
Fahrzeugtür hinter sich schloss, kauerte bereits die Nacht über den Betonriesen. Der
Wind hatte vor Tagen bereits die Haustür
aus den Angeln gehebelt und die schwarzen
Vögel stürzten sich gierig auf das Rattenge-
sindel, das zwischen den Betonschluchten
die Abfallhaufen bevölkerte.

Franz gelangte in die dunkle Höhle des
Hausflurs. Der Lichtschalter war defekt und
ließ sich nicht bedienen. Auf den Klingel-
knöpfen standen Namen, die er in der Dunkelheit nicht erkennen konnte. Die meisten
Mitbewohner kannte er sowieso nicht. Seit
Anfang letzter Woche war sein Nachbar ver-

schwunden. Seine Frau bemerkte, er habe endlich den ewigen Frieden gefunden.

Plötzlich sprang das Licht an. Es war wie eine Explosion. Das Licht erhellte die Fahrstuhltür und die umliegenden Wände voller Graffitis: *Tötet, was euch kaputt macht.*

2

Mathilde hatte mit dem Essen auf ihn gewartet.

»Wo warst du so lange?«

Franz hustete in sein Taschentuch. Mathilde hatte den Tisch sorgfältig gedeckt und Franz hatte den Platz ihr gegenüber eingenommen. So konnte er ihr in die Augen sehen, wenn er wollte. Das hoffte sie. Dann würde sie wieder etwas fühlen. Gleichzeitig wusste sie, dass es lachhaft war. Absurd. Warum sollte so etwas geschehen?

Franz versank in seinem Stuhl, was ihn fast körperlos erscheinen ließ.

»Was ist mit dir? Geht's dir nicht gut?«

»Ich weiß nicht.« Er begann wieder zu husten.

»Du weißt, was geschieht, wenn du krank wirst.«

Franz nickte demütig.

»Der Mann von der Abordnung machte es neulich recht deutlich«, bemerkte Mathilde, während sie mit der Teekanne hantierte. Franz hielt ihr verkrampft seine Tasse entgegen. Plötzlich hasste sie ihn. Er machte einen erbärmlichen Eindruck auf sie. Er saß in seinem Stuhl wie ein Kartoffelsack. Neulich blieb er mit Fieber im Bett. Das hätte fast sein Ende bedeutet. Immer erzählt er dieselben Geschichten. Sie kannte jeden seiner Sätze auswendig. Buchstabe für Buchstabe. Manchmal schwieg er auch. Das war noch schlimmer. Fast unerträglich.

Früher besaßen seine Augen einen gewissen Glanz. Heute war er nur noch ein Abziehbild seiner selbst.

3

Franz hatte sich gut mit seinem alten Nachbarn verstanden. Wenn die beiden Männer sich im Hausflur begegnet waren, hatten sie zumeist von vergangenen Zeiten geredet. Dort waren ihre Erinnerungen zu Hause. Ihr Langzeitgedächtnis funktionierte. Das Kurzzeitgedächtnis wies erhebliche Lücken auf. In ihrer Umgebung wurde dieser Umstand nicht akzeptiert. Er sei an seinen alten Geschichten erstickt, erzählten die Männer von der Abordnung.

4

»Im nächsten Sommer möchte ich in die Sonne verreisen. Solange es noch solche Reisen gibt«, sagte Mathilde mit gereiztem Unterton.

»Du weißt, dass ich die Sonne nicht vertrage. Meine Allergie beschert mir Pusteln am ganzen Körper«, entgegnete Franz mit erhobener Teetasse.

»Dann tu etwas dagegen.«

»Es gibt kein Mittel, außer nicht in die Sonne zu gehen.«

Franz sah mit leeren Augen zu Mathilde hinüber.

»Dann musst du hierbleiben. Hierbleiben und verrotten.«

Mathilde stellte sich einen anderen Mann vor. Sie sah auf den Fußboden und auf Franz' Füße. In den dicken Socken wirkten sie verkrüppelt. Die Füße eines Monsters.

Durch eine Ungeschicklichkeit von Franz wurde sie aus ihren Gedanken gerissen. Er hatte mit dem Ellbogen die Zuckerdose umgerissen. Auf der frisch gewaschenen weißen Tischdecke türmte sich ein Häufchen Zucker, auf das er wie gebannt starrte. Ein kleiner, beweglicher Punkt machte sich am Fuß des Zuckerhügels zu schaffen. Es war eine fleißige Ameise, die dort ihr Geschäft verrichtete. Mathildes Gesicht weitete sich in stummem, grenzenlosem Entsetzen.

Jetzt stocherte Franz in dem Gebilde herum. Er wollte versuchen, die Ameise zu zerquetschen. Aber das Tier ließ sich nicht stören. Mathilde sprang auf und verließ in Panik das Zimmer.

Auf dem Platz zwischen den Wohneinheiten wurden Feuer in Ölfässern entfacht. Die Rattenfänger entledigten sich hier ihrer Beute, während Mathilde durch die gardinelosen Fensterscheiben auf das Geschehen hinabsah.

»Mit Stumpf und Stiel muss es ausgerottet werden, das Ungeziefer«, flüsterte sie.

Im Wohnzimmer hatte die Ameise inzwischen den Gipfel des Zuckerhaufens erklommen. Ihre Fühler rotierten emsig, während Franz wie gelähmt, fast regungslos auf seinem Stuhl saß und seine Monsterfüße über den Fußboden strichen.

Zwei Universen   2016

In das kleine Zimmer fällt das letzte Licht des Tages. Das Kind liegt in seinem großen Bett und schläft. Es ist still. Die Wanduhr tickt. Das Kind ist ein unruhiger Schläfer. Die Frau zupft an der Bettdecke und beim Zurücknehmen ihres Armes stößt sie fast das aufgeschlagene Märchenbuch vom Nachttisch. Die Frau knipst das Licht aus und geht über den Flur ins andere Zimmer. Sie lässt sich in einen Sessel fallen und möchte nichts tun, nur dasitzen.

Das Telefon klingelt: »Tut mir leid. Mein Mann ist nicht zu Hause. Worum handelt es sich denn? Von einer neuen Versicherung hat er mir nichts erzählt. Sie können ihn am besten tagsüber in der Firma erreichen. Ach nein, ich gebe Ihnen am besten seine Handynummer. Keine Ursache. Auf Wiederhören.«

Die Frau dreht ihren Kopf zum Fenster. Die Tage werden jetzt länger. Bald kommt das Frühjahr. Dann wird sie mit dem Kind auf dem Spielplatz herumtollen. Die Sonne verschwindet langsam endgültig. Sie zieht ihre letzten Schlieren wie einen hauchdünnen Schleier durch die Straße zwischen den Hausfassaden.

Das Telefon klingelt:

»Hallo, Doris. Oh ja, mir geht es gut und dem Kleinen auch. Du weißt, er ist immer etwas unruhig, aufgekratzt, wenn er bei seinem Vater war. Das ist nun mal so. Aber ich möchte die Besuche auch nicht ganz unterbinden, obwohl Fred ein ganz verfluchter, verantwortungsloser Vater ist. Ja, ich weiß, ich sollte mich nicht wieder aufregen. Es bringt nichts. Nein, die Sendung habe ich nicht gesehen. Ich muss in Punkto Klamotten etwas kürzer treten. Weißt du, dieses Teleshopping verführt ungemein. Ich habe mir vorgenommen, den Fernseher ein paar Tage nicht einzuschalten. Ein gutes Buch wäre angebracht, aber ich kann mich in letzter Zeit schlecht konzentrieren. Die ganzen Umstände, verstehst du? Und dann ist die Geschichte mit dem Unterhalt noch nicht vollständig geklärt. Ja, richtig, wir streiten uns noch. Aber nicht vor den Augen beziehungsweise den Ohren des Kindes. Na gut, ich möchte deine Zeit nicht weiter in Anspruch nehmen. Vielen Dank für deinen Anruf. Ich wünsche dir auch alles Gute. Bis bald, Doris.«

Es ist wieder still. Im dunklen Zimmer verschwinden allmählich die Konturen. Es wird so sein wie jeden Abend. Sie wird auf diesem Sessel erschöpft sitzen bleiben. Jetzt legt die

Dunkelheit ihren hauchdünnen Mantel um sie. Sie denkt an nichts. Sie sitzt nur da.

2

In der Nacht hört der Mann den Zug. Aus der Ferne, dieses bestimmte Geräusch des Näherkommens. Zwischen seinen unruhigen Träumen, ein Auftauchen in die tintige Dunkelheit des Zimmers. Der Zug nähert sich, ähnlich dem satten Grummeln von Donner, und mit dessen Sanftheit droht er, wieder in den Schacht des Schlafes zu fallen. Aber er bleibt wach. Er spürt, wie sein Herz den Schlag beschleunigt, ihn weiter an die Oberfläche treibt. Plötzlich ist das Kind wieder da, seine Bewegungen, die den Raum ausfüllen, ihn erstrahlen lassen. Bruchstückhaft, wie Teile eines Puzzles, das sich allmählich zusammenfügt.

Am Nachmittag hatte sein Kind die Mütze vergessen. Weil alles immer so schnell gehen musste und die Zeit ihres Beisammenseins knapp bemessen war. Nicht einmal am Bahnhof hatte er es bemerkt, bei dem flüchtigen Kuss, der Umarmung, als sie in ihm aufstieg, diese Welle aus warmem aufbrausendem Gefühl, bevor das Kind hinter den automatischen Türen des Triebwagens verschwand.

Die Mütze lag noch auf der Truhe, als er nach Hause kam. Einen Augenblick dachte er daran die Mutter seines Kindes anzurufen, um sie über den Verbleib der Mütze zu unterrichten. Er hielt den Telefonhörer eine gefühlte Ewigkeit, bis er endlich auflegte.

Jetzt ist der Zug ganz nah. Sein schwerer Stahlkörper bringt das Haus, das Schlafzimmer des Mannes, zum Vibrieren.

Die Schranken hinter dem Bahnhofsgebäude werden gesenkt. Das Tosen wird zum Orkan und er schnellt mit seinem Oberkörper von seinem Bett hoch. Da braust der Zug vorbei, über den bebenden Bahnkörper, an den Bahnsteigen vorbei passiert er die Schranken. Dann rattert er über die Brücke, über den Fluss. Vorbei.

Die alten Zeiten   2010/ 2016

Die beiden Männer hatten sich zufällig auf der Straße getroffen. Nach vielen Jahren hatten sie sich doch wiedererkannt. Mitten im Getümmel der Einkaufspassage.

»Ich glaube das jetzt nicht!?«

»Ja, mein lieber Michael. Ich bin ein paar Tage in der Stadt.«

»Wo lebst du jetzt, Georg?«

»Hoch im Norden.«

»Und?«

»Ich bin mittlerweile im Ruhestand.«

»Meine Güte, wo sind die Jahre geblieben?«

Georg sah in den blassblauen Himmel hinauf, als wüsste der die Antwort. Dann nickte er nachdenklich.

»Hast du Zeit mitgebracht?«

»Nicht wirklich.«

Michael klopfte dem alten Freund auf die Schulter.

»Ich würde sagen, du kommst uns morgen Abend besuchen. Dann können wir ausgiebig über alte Zeiten quatschen.«

Dann zauberte er eine Visitenkarte aus seiner Hosentasche.

»Du bist selbstständig?«

»Fast mein ganzes Leben. Und…wie siehst es aus? Kannst du mich in deinem Terminplan unterbringen.«

»Mal sehen.«

Georg griff nach dem Kärtchen.

»Ruf rechtzeitig an. Meine Handynummer steht auf der Karte. Wir würden uns freuen.«

»Bist du immer noch mit Johanna zusammen?«

»Hat wider Erwarten gehalten. Obwohl wir so jung waren.«

»Habt ihr Kinder?«

»Hat nicht sollen sein.«

Michael versuchte ein hilfloses Schulterzucken.

»Schade.«

Johanna war die Frau, die Georg vor fünfundvierzig Jahren auf Michaels Geburtstagsparty mitgebracht hatte. Er mochte ihre grünen Augen, die einen wunderbaren Kontrast zu ihren dunklen Haaren bildeten. Er konnte sich nicht sattsehen. Nach der ersten Tanzrunde blieb sie bei Michael.

Georg spielte nervös mit der Visitenkarte, ließ sie abwechselnd in der einen und anderen Hand verschwinden.

»Ich werde kommen. Aber macht euch keine Umstände.«

Es dauerte eine Ewigkeit, bis er wagte, die Klingel zu betätigen. In Sekundenschnelle wurde die Tür aufgerissen und Georg schaute in Michaels strahlendes Gesicht.

»Meine Güte, hast du dich hinter der Tür versteckt?«

»So jung wie heute, kommen wir nicht mehr zusammen.«

Georg zog die Lederjacke aus und hängte sie auf einen Bügel an der Garderobe.

»Ich zeige dir erst mal die Wohnung.«

Mit kräftigem Ruck schob er Georg durch die Räumlichkeiten.

»Die Küche…Spüle…E-Herd…Induktionsfeld Du kannst dir nicht mehr die Finger verbrennen. Haha, was immer das zu bedeuten hat. Nicht wahr? Dunstabzugshaube, drei Geschwindigkeiten, effektiv wie ein Staubsauger. Kühlschrank mit Eiswürfelzubereitung und separatem Gefrierschrank. Fußbodenheizung.«

»Ich bin beeindruckt.«

Michael griff nach einer Flasche Bier auf der Arbeitsplatte der Kochinsel und köpfte den Verschluss.

»Komm…weiter.«

Das Schlafzimmer, das Boxspringbett, die elektronische Vernetzung, die Multimedia Anlage im Wohnzimmer.

»Hör mal, *Tubular Bells,* in allen Räumen.«

»Ja, der gute alte Mike Oldfield.«

»Ist heute in unserem Alter.«

»Der Weg allen Fleisches.«

Johanna saß in der Mitte der ausladenden Ledergarnitur. Vor ihr stand ein halb ausgetrunkenes Glas mit einer bräunlichen Flüssigkeit.

»Ihr kennt euch ja bereits.«

Georg glaubte, etwas Herausforderndes in Michaels Ansprache zu hören, ging aber mit Nonchalance darüber hinweg und gab Johanna die Hand. Ihr Blick war vom Alkohol getrübt. Der Glanz ihrer Augen verschwunden.

»Möchtest du auch einen Rum? Wir haben eine ausgezeichnete Marke entdeckt.«

»Ich kenne nur Tee und Rum.«

»Also, das sind Welten. Nicht wahr, Johanna?«

Johanna nickte kurz, wirkte aber merkwürdigt desinteressiert, griff nach ihrem Glas und ließ sich in die Ledergarnitur zurückfallen.

Michael hatte eine Fernbedienung in der Hand und knipste damit Mike Oldfield aus, mitten in einer Gitarrenpassage.

»Ich habe alle Platten nachgekauft, die wir damals gehört haben. Das ist ein CD-Wechsler, der eine Handvoll Alben fasst. Jede CD spielt er genau in der Reihenfolge, die ich im Voraus auswähle. Pass auf, also zum Beispiel: Track drei, dann sieben, dann zwölf. Das sind die besten Stücke dieser Eric Clapton-Scheibe. Den Rest können wir uns schenken.«

»Wo hast du die Flasche versteckt?«

Es war Johannas Stimme, die aus dem Hintergrund zu den beiden Männern drang.

»Moment…Schatz.«

»Ich habe Durst.«

»Ich sagte doch…einen Moment.«

Georg versuchte sich zu erinnern, wie Johannas Küsse damals schmeckten. Er mochte ihren Geruch, nachdem sie Bier getrunken hatte. Es war ein pelziges Ineinanderverschlingen, wenn sich ihre Zungen umkreisten.

Michael ging zum Barschrank und entnahm eine halbvolle Flasche. Johanna streckte ihm ihr Glas entgegen und nickte erwartungsvoll mit dem Kopf.

»Sei nicht so geizig.«

Michael stellte ein zweites Glas auf den Couchtisch und begann, es zu füllen.

»Bitte nicht so viel. Ich muss noch Auto fahren.«

»Ach was. Du kannst hier übernachten. Wir haben ein Gästezimmer im Keller. So jung wie heute kommen wir nicht mehr zusammen.«

Michael und Johanna nickten einstimmig.

»Wir wollen doch über die alten Zeiten reden.«

Georg hatte in einem der ausufernden Sessel Platz genommen.

»Warum bist damals weggegangen?«

Michael setzte sich neben Johanna auf die Couch und versuchte eine ungelenke Umarmung aber Johanna wich zurück und griff erneut nach ihrem Glas.

»Ich erinnere mich noch, dass du dich überhaupt nicht mit deinen Eltern verstanden hast«, sagte Michael.

Georg nippte an seinem Glas.

»Es war wegen des Unfalls.«

Johanna schnellte aus ihrer Position auf der Couch hoch und saß plötzlich kerzengerade. Sie hielt ihr Glas fest umklammert. Ihre Augen funkelten:

»Was für ein Unfall in drei Teufels Namen?«

Michael schaute ratlos in die Runde und goss Rum in sein Glas.

»Mein Bruder hatte einen tödlichen Verkehrsunfall.«

»Mein Gott, davon habe ich nichts gewusst.« Johanna leerte ihr Glas in einem Zug.

»Er hatte eine Panne auf der Autobahn und ein anderer Verkehrsteilnehmer hat ihn übersehen und überfahren. Es war dunkel. Nacht.«

»Aber was hatte das mit dir zu tun, Georg, beziehungsweise mit uns...mit uns dreien, meine ich?«

»Na ja, Frank war der Lieblingssohn meiner Eltern. Ich glaubte, sie hätten es lieber gesehen, wenn ich statt ihm draufgegangen wäre. Ich habe es einfach nicht mehr ausgehalten.«

»Das ist krass. Du bist wegen deiner Eltern abgehauen.«

Georg nickte.

Einen Moment glaubte, er eine Veränderung in Johannas Gesicht wahrgenommen zu haben, eine Aufhellung ihrer Gesichtszüge. Doch dann nahm sie sich zurück und wedelte mit ihrem Glas.

»Trink nicht so viel, mein Schatz.«

»Können wir uns darauf einigen, dass es meine Sache ist, wie viel ich trinke?«

Johanna schnalzte mit der Zunge.

»Okay, wie du meinst.«

Georg entdeckte einen Stapel von Fotografien auf dem Tisch, zwischen den abgestellten Gläsern.

Michael war sofort zur Stelle.

»Die Bilder habe ich extra rausgesucht. Sind alles Aufnahmen von damals.«

Im Hintergrund gab der CD-Wechsler sanfte Geräusche von sich. Michael entfernte das Gummibändchen von den Fotografien und verteilte sie wie Spielkarten.

Der erste Schritt   2000

Es war ein heißer Tag. Die Frau lag im Halb-
schatten, berührt von schmalen Sonnenstrei-
fen, die durch die Lamellen der Fensterläden
drangen. So lag sie immer, die Augen geschlossen, flach atmend. Wenn der Mann
den Raum betrat, öffnete sie kurz die Augen.
Er stellte Essen auf den Nachtschrank neben
dem Bett und er wusste, sie würde nichts
davon angerührt haben, wenn er am Abend
zurückkam.
Er verließ das Innere des Hauses. Eine Katze
umschmeichelte seine Hosenbeine. Er gab ihr
ein paar Streicheleinheiten und ging in die
Werkstatt hinter dem Haus. Aus einem
Schrank unter dem Fenster nahm er einen
Karton.
Er ging durch die Pinienallee, zielstrebig in
Richtung Berge. Er dachte an seine Frau in
ihrem Bett, das ihr Universum darstellte. Ein
Gebilde, das langsam mit ihrem Organismus
zu verschmelzen schien. Irgendwann würde
es zu einem Ding mutieren, fast bewegungslos aber atmend und fordernd.
Das Gelände wurde karstig und der Auf-
stieg, die Felsen hinauf, beschwerlich. Er

musste von Zeit zu Zeit stehenbleiben und sich den Schweiß von der Stirn wischen.

Wie lebendig seine Frau einst war. Er liebte ihr Lachen und ihr selbstbewusstes Auftreten. Sie hatten eine gute Zeit zusammen. Ein gutes Leben.

Er erreichte den Platz hinter dem Felsvorsprung, auf dem die verkrüppelten Kiefern ein Dreieck bildeten.

Hier befand sich die Feuerstelle. Reste von Asche auf dem Platz. Dort lagen noch Teile der Stöcke, auf denen die Fleischspieße gesteckt waren. Nicht weit von hier tauchten die Skorpione auf. Damals. Kreuzend, von den Felsen her, krabbelten sie diagonal über den Platz.

Er setzte sich erschöpft auf einen Felsen. Die Sonne hatte die Farben aus der Landschaft gebrannt. Vielleicht konnte er heute seine Angst besiegen. Er hatte es sich lange überlegt, in zahllosen, schlaflosen Nächten, unter dem Schein des Mondes, der in der Einsamkeit sein Komplize wurde. Immer wieder.

Er war in Gedanken versunken und als er aufblickte, sah er die beiden Skorpione, die sich auf die erkaltete Feuerstelle zubewegten. Er öffnete vorsichtig die Schachtel und entnahm ihr ein zangenähnliches Besteck. Mit schnellen, gezielten Bewegungen gelang es ihm, die Tiere einzufangen und in die Schachtel zu befördern.

Es war einfacher, als er zuerst gedacht hatte. Aber er musste vorsichtig sein. Die Tiere waren gefährlich. Er verschnürte den Karton und stellte ihn neben sich auf den Erdboden. Es war ein gutes Gefühl, endlich den ersten Schritt vollzogen zu haben. Den ersten Schritt, dem unausweichlich und präzise alle übrigen folgen würden.

Strandschmelze 2016

Es begann alles mit einer Grillparty im vergangenen Sommer. Matthias, der Gastgeber, stand am Grill und wendete Würstchen und Fleischstücke und war bereits betrunken, als die ersten Gäste eintrafen.
So what.
Er hatte sich mit der Vorbereitung viel Mühe gegeben, sogar später noch Fisch geräuchert in dem alten Räucherofen und Holz für ein Lagerfeuer auf die Feuerstelle im Garten gelegt. Aber er geriet immer mehr in Schräglage. Am Abend saß die Gesellschaft um das lodernde Feuer herum, auf Gartenstühlen und Hockern, als Matthias die leicht abschüssige Rasenfläche vom Haus herunterstolperte und Gregor, der auf einem wackligen Plastikstuhl saß, direkt in die Arme fiel.
»Sorry…Gregori.«
Gregor, ein alter Freund aus Jugendtagen, musste sein ganzes Gewicht einsetzen, um ihn zu stoppen.
»Mach mal Pause, Matti.«
Gelächter von der Feuerstelle.
»Der Leuchtturm gerät ins Wanken«, rief jemand über die lodernden Flammen hinweg und Matthias krallte sich an Gregor fest.

»Nutzlos wie feuchtes Holz«, brach es aus ihm heraus. »Ja genau, das trifft es. Genau. Nutzlos.«

Matthias ließ sich nach hinten auf den Rasen fallen.

»Ola, der Gastgeber verabschiedet sich«, bellte eine Stimme aus dem Hintergrund und Gregor erhob sich langsam aus seinem Sitz.

»Ich glaube, ihr geht jetzt besser. Ich kümmere mich um ihn.«

Zuerst schien das Gesprochene ungehört zu verhallen, hier und da wurden Witzchen gerissen, Bierflaschen aneinander gestoßen, Unverständliches geraunt.

Als später jedoch alle gegangen waren, stand Matthias wieder auf, sammelte die überall umherliegenden leeren Flaschen ein, löschte die Feuerstelle und ging schwankend ins Haus zurück. Gregor folgte ihm.

»Wie wär es mit einem Abschiedspfeifchen?«

Matthias klang schon fast wieder nüchtern.

»Ich wollte eigentlich mit dir auf deinen Ruhestand anstoßen.«

»Paah.«

Matthias schob die geöffnete Zigarettenpackung über den breiten Holztisch zu Gregor hinüber.

»Bedien dich.«

Gregor fummelte umständlich eine Zigarette aus der Packung und griff nach dem silbernen Feuerzeug, das auf der Tischplatte neben dem gläsernen Aschenbecher lag. Dann ließ er die Flamme frei, die wie ein hungriges Tier nach dem Tabak lechzte.

»Du kannst jetzt alles tun. Kein Mensch kann dir mehr Vorschriften machen. Gott verdammt. Du bist ein freier Mensch.«

Matthias hatte sich auch eine Zigarette in den Mund gesteckt, allerdings noch nicht angezündet.

»Soll ich dir erzählen, wie sie mich behandelt haben?«

Gregor blies den Rauch hart aus.

»Nur zu.«

»Also, erst mal haben sie mich an einem Freitag ins Büro zitiert, nach einer wirklich anstrengenden Woche, und da haben sie mir erörtert, dass sie in Zukunft auf meine Mitarbeit verzichten wollen.«

»Mit welcher Begründung?«

»Ich sei Sechzig.«

»Na und?«

»Das war ihre Begründung. Die wollen keine Sechzigjährigen mehr in ihrem Betrieb beschäftigen.«

»Für mich ist das keine Begründung. Konntest du dich nicht wehren?«

»Na hör mal. Du weißt genau, was passiert, wenn sie jemanden loswerden wollen. Den Schikanen möchte ich mich nicht mehr aussetzen. Sie waren zu zweit. Der Personalchef und mein Vertriebsleiter. Da hast du nicht wirklich eine Chance. Sie ließen mich vor einem klobigen Holztisch Platz nehmen und sie selbst saßen dahinter wie Inquisitoren. Wenn ich näher an den Tisch heranrückte, gar meine Ellenbogen auf die Tischplatte legte, nahmen sie auf der anderen Seite Abstand, stießen sich mit ihren fahrbaren Stühlen vom Tisch ab und lehnten sich lässig zurück. Die Feiglinge. Diese überheblichen jungen Feiglinge.«

»Ich verstehe.«

»Ne, du verstehst nicht. Du hast deinen Job noch. Mich haben sie weggeworfen wie fauliges Obst.«

»Ich bin auch noch keine Sechzig.«

Matthias langte nach dem Feuerzeug und setzte endlich seine Zigarette in Brand und stieß den Rauch wie schlechten Atem aus.

»So ist das Leben.«

»Jawohl, so ist das Leben.«

»Mein Gott, du kannst dich doch beschäftigen. Du redest seit Jahren davon, einen Roman zu schreiben oder Erzählungen oder was weiß ich noch alles.«

Matthias stand auf, ging zielstrebig auf einen Wandschrank zu und entnahm ihm zwei Gläser.

»Keine Sorge, dem Anlass entsprechend gibt es Wasser.«

Er langte unter den Tisch und beförderte eine große Flasche Wasser hervor. Er war fast wieder nüchtern.

»Okay. Meine Probleme sind nicht unerheblich. Es fällt mir schwer, Struktur in meinen Alltag zu bekommen. Versteh mich nicht falsch. Es ist nicht so, dass ich mich langweile, aber ich weiß bei den ganzen Überlegungen und den Plänen, die ich mir zu Recht gelegt habe, nicht, wo ich anfangen soll. Von welcher Seite ich das Werkstück, das vor mir liegt, bearbeiten soll. Es ist die Angst vor der weißen, leeren Fläche meines PC-Bildschirms. Ein Gefühl wie ein Treiben in einem reißenden Fluss. Verstehst du?«

Gregor griff nach dem Wasserglas.

»Also, ich schlage vor, dass du mit mir auf die Insel kommst. Du weißt…das alte Ferienhaus meiner Eltern. Das bringt dich bestimmt auf andere Gedanken.«

»Ja, ich fühle mich wie ein Hamster, den man aus seinem Laufrad geworfen hat, und der auf einer großen, unüberschaubaren Wiese landet. Er schüttelt sich und schaut irritiert auf die ungewohnte Umgebung und bleibt erst mal sitzen.«

»Ja, ja, Spiekeroog ist genau das Richtige für dich. Dort gibt es keine Autos, nur Elektrokarren und Fahrräder. Keine Ablenkungen irgendwelcher Art. Du wirst Zeit haben für lange Spaziergänge und zum Nachdenken. Nachdenken – über Gott und die Welt und über dich selbst, über deine neuen Projekte. Wenn du bei dir selbst angekommen bist, was immer das auch heißen mag, dann wirst du einen Ausweg erkennen und du wirst schreiben.«

Gregor drückte den Stummel seiner Zigarette in den Aschenbecher. Sein nachhaltiges Pressen mit der Fingerspitze hatte etwas Endgültiges.

2

Sie gingen am Strand entlang, auf dem wellig geriffelten Sand, was Kraft kostete, weil der Boden unterschiedlich verdichtet war und sie immer wieder in dem lockereren Sand einsackten. Dann setzte plötzlich der Regen ein und der Sturm fegte in die Sandwüste und schleuderte den beiden Männern die harten Sandkörner ins Gesicht. Sie hatten ihre Kapuzen weit ins Gesicht gezogen, das Glas ihrer

Brillen war benetzt und die Hände klamm vor Kälte.

»Es hat keinen Zweck«, schrie Gregor gegen den Wind, »hier kommen wir nicht weiter.«

Er deutete mit seinem ausgestreckten Arm in Richtung der Dünen.

»Aber dort ist das Vogelschutzgebiet. Wir dürfen es wegen der Brut nicht betreten.«

Matthias hatte seine Brille abgenommen und versuchte, das Glas mit einem Taschentuch zu säubern.

»Du musst dich gegen den Wind stellen, Matti.«

Gregor zog den Freund zu sich heran.

»Pass auf, heute werden wir darauf mal keine Rücksicht nehmen.«

»Warum in drei Teufels Namen?«

Gregor griff in seine Parkatasche und beförderte ein kleines Fläschchen zu Tage.

»Weil wir dahinten an der Ostspitze einen Trinken werden.«

Mattias sah seinen Freund verständnislos an.

»Ich habe davon drei Fläschchen. Eines für dich, eines für mich und eines für Kurt«, lachte er und klopfte seinem Freund auf die Schulter: »Matti, du musst nicht alles verstehen.«

Matthias hatte seine Brillengläser geputzt und sah auf das faszinierende Spiel des Windes, der den Sand in Knöchelhöhe über die Ebene blies.

»Siehst du, wie der Sturm die Dünen bildet, während die Wellen wieder neuen Sand anspülen?«

Gregor berührte sanft Matthias Schulter.

»Komm schon, lass uns weitergehen.«

Sie bewegten sich in Richtung der Dünen. Links vom Dünenkamm fanden sie eine Furt ins Vogelschutzgebiet hinein. Hier ließ der Wind nach aber die Vögel stiegen von ihren Brutplätzen auf und umkreisten nervös die Eindringlinge. Ihr aggressives Kreischen erfüllte die Luft und die beiden Männer gingen zügig und stumm den schmalen Pfad entlang. Der Weg führte sie nach einer knappen Stunde wieder in Strandnähe. Hier waren sie im Tosen des Meeres und des Windes eingekapselt, betört und berauscht, bis zu ihrem Ziel, die Fahrrinne zwischen den Inseln Spiekeroog und Wangerooge. Gregor verteilte die kleinen Flaschen Kräuterlikör. Mit einer Grußgeste in Richtung des brausenden Meeres schüttete er den Inhalt eines Fläschchens ins Wasser.

»Für Kurt…!«, schrie er gegen den Wind.

Dann schraubte er mit seinen klammen Fingern die nächste Flasche auf und prostete seinem Freund zu: »Und für uns Überlebende eine strahlende Zukunft.«

Sie hatten unweit von hier Kurts Urne zwischen den Inseln versenkt weil er seine Kindheit und Jugend auf Spiekeroog verbracht hatte.

»In Wirklichkeit hasste er das Meer«, erzählte Gregor.

»Er mochte Wasser überhaupt nicht. Ging nicht mal in der Saison baden. Seine Leidenschaft gehörte der Jagd. Lieber wäre er in dem kleinen Wäldchen, hinter seinem Heimatort, begraben worden. Aber das war natürlich verboten.«

3

Am Nachmittag saßen sie in der Dünenklause bei einem Glas Bier. Gregor erzählte von Kurt, dem alten Freund und Jägerkumpan, mit dem er viele Stunden bei der Fasanenjagd verbracht hatte. Die Fasane waren allgegenwärtig auf der Insel. Es war unmöglich, ihnen zu entgehen, wenn sie durchs Unterholz stolzierten und dabei ihr kehliges Röhren ausstießen.

»Es ist gar nicht so leicht, die Biester zu jagen«, meinte Gregor, »du musst sie mit Hunden aufschrecken, weil sie sich gut verstecken. Wenn sie dann aufflattern, kannst du sie erwischen. Kurt war darin ein Meister und ein guter Schütze obendrein und hatte darum immer reichlich Beute.«

»Was ist passiert?«

»Er ist völlig überraschend gestorben. Er kam von der Arbeit nach Hause und setzte sich in seinen Schaukelstuhl. Eine alte Gewohnheit. Er schlug ein Buch auf und starb. Das Buch fiel ihm aus der Hand und stellte sich auf dem Teppichboden auf – wie ein Kartenhaus.«

»Meine Güte.«

»Als Lydia, seine Frau, das Zimmer betrat, fiel ihr zunächst die merkwürdige Stellung des Buches auf. Erst als sie es anfasste und aufnahm, spürte sie, dass etwas nicht stimmte. Es war diese absolute Stille, die sie irritierte. Eine Stille, die sie zuvor noch niemals verspürt hatte. Eine Stille ohne Atem«.

»Woher weißt du das alles?«

»Sie hat es mir erzählt.«

»Wo lebten die beiden?«

»In Aurich. Auf dem Festland.«

Der Wirt stellte zwei Schnapsgläser auf den Tisch.

»Damit ihr nicht ganz im Trübsinn versinkt.«

»Was trinken wir denn?«

»Grappa mit Sanddorn«, sagte der Wirt.

»Oha, eine Inselspezialität. Na denn, Prost!«

Der Wirt zog sich mit seiner Flasche hinter die Theke zurück. Die Freunde leerten die Gläser in einem Schluck.

»Wie geht's dir mein Freund?«, fragte Gregor unvermittelt, »Hab gesehen, du hast dir Arbeit mitgebracht. Ich finde, das ist ein gutes Zeichen.«

»Stimmt. Ich habe alte Erzählungen in meinem Schreibtisch gefunden. Die lagen dort unberührt. Seit Jahren.«

»Wie ist das möglich?«

»Na ja, ich musste mich von meinem alten Möbel trennen. Der Tisch war vollständig von Holzwürmern besetzt.«

»Verstehe.«

»Als ich das Teil ausräumte, stieß ich auf die alte Kladde mit den Erzählungen, und daran arbeite ich jetzt.«

»Das ist großartig. Hast du dir schon einen Titel überlegt?«

»Ich dachte an *Strandschmelze*«.

»Aha.«

»Der Name stand auf der Kladde.«

Gregor nickte interessiert und nahm einen großen Schluck Bier.

Der alte Johann, der lange Zeit an einem der Nebentische gesessen hatte, stand plötzlich auf und kam schwankend an ihren Tisch. Ob die Herrschaften auf dem Weg zur Ostplatte das Wrack der *Verona* gesichtet hätten, fragte er.

»Nein, diesmal nicht«, antwortete Gregor.

Johann rückte einen Stuhl zurecht und nahm Platz. Dann deutete er mit dem Finger auf die gegenüberliegende Wand, an der unzählige Schwarzweißfotos in Bilderrahmen hingen: Porträtaufnahmen berühmter Insulaner, Ortsansichten aus verschiedenen Zeitepochen und Bilder vom Wrack der *Verona*.

»Die *Verona* war ein englisches Dampfschiff, das im Dezember 1883 bei stürmischer See am Strand von Spiekeroog mit dem Bug voraus auf Grund lief. Einen Monat nach der Strandung trug man einen Großteil des Schiffes ab. Aber eben nicht alles, da das Schiff nach seiner Havarie tief in den Sand gespült worden war. Bei Niedrigwasser sind noch immer Teile des Wracks zu sehen«, erzählte Johann.

»Je nach Wetterlage verschieben sich die Sandmassen am Strand und darum ist teilweise viel und manchmal gar nichts von dem Wrack zu sehen«.

Irgendwann begaben sich die drei Männer zu der Bilderwand. Der Wirt putzte an der Theke ein paar Gläser und sah zu der kleinen Gruppe hinüber.

»Hab ich letztes Jahr extra für euch eingerichtet und dabei mein halbes Familienalbum geplündert.«

»Wer ist das?«

Gregor deutete auf die beiden spielenden Kinder auf dem Wrack.

»Das sind mein alter Schulfreund Kurt und ich. Das muss 1956 oder 1957 gewesen sein«, antwortete Johann.

»Kurt Gerstensen?«

»Ja, genau der.«

»Wusste gar nicht, dass ihr euch kanntet.«

»Als wir Kinder waren, haben wir viel miteinander getobt. Später, wie das Leben so spielt, haben wir uns aus den Augen verloren. Kurt hat schon früh die Insel verlassen. Wurde ihm alles zu eng hier.«

Johann streckte seinen dünnen Körper.

»Ich konnte das damals nicht verstehen. Und heute noch viel weniger. Zu eng. Eine größere Weite als hier wirst du nirgendwo finden.«

»Kurt ist aber immer wieder zurückgekehrt. Ich glaube schon, dass er mit der Insel verbunden war. Außerdem waren wir oft zusammen hier«, sagte Gregor.

»In der Klause?«

»Oh ja, die Abende mit Kurt konnten ausufernd sein. Mit Rum, Zigarren und anderen Spezialitäten bis tief in die Nacht. Ich erinnere mich noch an einen Abend, der besonders amüsant war. Kurt, der manchmal zur Prahlerei neigte, wollte am Ende nach Hause und dann immer vorangehen. Es war dunkler als im Arsch einer Kuh. Keine Straßenlaternen, keine Sterne. Er verlor die Orientierung und irrte, wie ein verlorenes Schaf, im Dunkeln umher. Ich sah mehrere Male, wie er in der Dunkelheit verschwand, sich in ihr auflöste und wieder auftauchte.

Irgendwann erreichten wir dann doch die Gartenpforte zur Ferienwohnung. Aber es gelang uns nicht, sie zu öffnen, so betrunken waren wir.

Der Krach, den wir verursachten, ließ die Anwohner der benachbarten Häuser aus dem Schlaf schrecken. Das Licht, das überall eingeschaltet wurde, half uns schließlich, das Tor mit viel Hopphei zu öffnen.«

»Als Kind war Kurt ein ziemlicher Haudrauf. Es ließ sich nicht stoppen, wenn er sich etwas in den Kopf gesetzt hatte, und später…«

Johann tippte auf das Glas des Bilderrahmens: »Später hatten wir uns nichts mehr zu sagen.«

»Er hat mir einmal das Leben gerettet«, sagte Gregor.

Matthias und Johann blieben wie angewurzelt stehen.

»Vor einigen Jahren. Es war Winter und wir wagten uns mit Schlittschuhen auf das Eis eines kleinen Tümpels. In der Nähe von Aurich. An einer vom Eis befreiten Stelle schwammen Enten, die mich aus unerfindlichen Gründen magisch anzogen, und bevor ich sie erreichen konnte, brach ich plötzlich ein. Das kalte Wasser war ein Schock, der mich sofort lähmte. Ein Gefühl, als umklammere mich ein eiskalter Arm, der wie eine Zange mein Herz zu zerquetschen versuchte. Kurt legte sich geistesgegenwärtig auf das Eis und robbte zu der eingebrochenen Stelle. Er ergriff meine Hand, die sich für mich wie abgestorben anfühlte, und zog mich aus dem Wasser.«

Plötzlich verlor Gregor seine Fassung. Tränen flossen über sein Gesicht und seine Stimme kippte. Johann klopfte ihm mitfühlend auf die Schulter.

»Stellt euch mal vor. Ich hatte Eiszapfen in den Haaren, als ich wieder festen Boden unter den Füssen hatte, und meine Kleidung war gefroren. Wir machten uns im Laufschritt auf den Weg zu Kurts Wohnung, damit ich so schnell wie möglich unter die heiße Dusche kam.«, erzählte Gregor mit zitternder Stimme. Matthias reichte ihm ein Taschentuch.

Der Wirt winkte die kleine Gruppe zurück an den Tisch. Er wolle noch eine Runde Grappa mit Sanddorn spendieren. Auf all die alten und neuen Geschichten.

»Auf die Insel und deren Bewohner. Auf die Perspektiven. Zum Wohle!«

Die Männer wurden immer betrunkener.

Irgendwann streckte Johann, es war schon später Abend, den Arm nach vorne und deutete wieder auf die Bildergalerie: »Schaut euch das Wrack dieses unglückseligen Schiffes an. Es wird uns alle überdauern. Es wird noch da sein, wenn wir alle längst bei den Fischen sind.«

»The Circle of Life«, schrie Gregor.

Danach sprach Johann nicht mehr; er lallte nur noch und die beiden anderen Männer konnten kein Wort von dem verstehen, was er ihnen noch zu sagen hatte.